寫作課

一隻鳥接著一隻鳥寫就對了！

Bird by Bird

安・拉莫特 Anne Lamott ——— 著　朱耘 ——— 譯

三十年前，我的哥哥十歲，第二天得交篇鳥類報告。
雖然他之前有三個月的時間寫這份作業，卻一直沒有進展。
當時，我們在位於博利納斯（Bolinas）的小屋度假，
他坐在餐桌前，周圍散置著作業簿、鉛筆，
和一本本未打開的鳥類書籍。
他面對眼前的艱鉅任務，不知如何著手，簡直快哭出來了。
後來，我父親在他身旁坐下，把手放在他肩上說：
『一隻鳥接著一隻鳥，夥伴。只要一隻鳥接著一隻鳥，按部就班地寫』」

多年來，拉莫特把這個故事謹記在心：
你只要一個字一個字地將你想到的寫下，靈感便會來敲門。

目錄

・先處理好被剝奪感才能克服嫉妒，吃百憂解是沒用的
・找回幽默感，把可悲的嫉妒變得好笑
・以嫉妒為題材寫作，我才發現自己的嫉妒出奇的美麗

第三部：一路幫助你

Chapter 19　隨時筆記索引卡 Index Cards | 176

・隨身攜帶索引卡，不要指望自己能記得所有事情！
・索引卡能帶你脫離靈感枯竭，熬出一個又一個該死的字
・檸檬水索引卡：一段令我極其心酸的回憶
・靈感總是出現在最詭異的時刻：和狗玩、付電費帳單時
　——我求求你，趕快拿筆寫下來！

Chapter 20　打電話找人談談 Calling Around | 189

・把打電話找人聊聊列為工作內容
　——這能協助寫作者放鬆心神、挖出新題材！

Chapter 21　為何要參加寫作班？ Writing Groups | 195

・別埋頭苦幹了，參加寫作班聽聽別人的意見吧！
・不要侮辱、貶低別人的作品，盡可能坦誠地提出意見即可
・自組寫作社，找到能支持彼此寫下去的夥伴！

Chapter 22　讓別人讀讀你的稿子 Someone to Read Your Drafts | 206

・我寄出作品給編輯之前，一定會先給一個朋友看過
　——被朋友嫌棄，總比被編輯退稿好
・找到願意讀你草稿的夥伴之前，要勇於當隻打不死的蟑螂
・請馬上甩掉那些試圖摧毀你信心的混蛋！

Chapter 23　寫信可以幫你擺脫靈感便祕 Letters | 217

・寫信可以喚醒最優美動人的回憶、細節

致謝 Acknowledgements

我想在此感謝馬丁·克魯茲·史密斯（Martin Cruz Smith）、珍·范登堡（Jane Vandenburgh）、伊森·坎寧（Ethan Canin）、愛麗絲·亞當斯（Alice Adams）、丹尼斯·麥克法蘭（Dennis McFarland）、歐維爾·席爾（Orville Schell）以及湯姆·韋斯頓（Tom Weston）。這幾位作家多年來在寫作上給予我充滿智慧的建言，我對他們滿懷感激。

若沒有我的編輯傑克·舒梅克（Jack Shoemaker）持續不斷的支持和遠見，我便無法完成這本書。我的經紀人查克·維瑞爾（Chuck Verrill）就跟南西·帕瑪·瓊斯（Nancy Palmer Jones）一樣出色；南西是這本書（和最近一本）的文字編輯，她以高超的技巧、精確度，和溫情編輯我的作品。

我要再次感謝加州馬林市（Marin City）聖安德魯長老教會（St. Andrew Presbyterian Church）的教友們，若沒有他們，我想我根本不可能活到今天。

山姆有天對我 ：「我對妳的愛，就像二十隻暴龍和二十座山疊起來那麼高。」而我對他的愛也一樣。

前言——

所有出色的寫作指南都沒提到的關鍵，我將毫無保留地告訴你

從小，我的父母一有空檔便會看書，每星期四晚上也會帶我們到圖書館借一堆書，供接下來七天閱讀。晚上，父親吃完飯後大都會舒服地半躺在長沙發上看書，而母親會拿著書坐進安樂椅，我們三個小孩則在各自的小角落閱讀。我們家一到晚餐後便安靜無聲——除非父親的作家朋友們來訪。我父親是作家，來往的人也大都是同行。他們大部分都相當有男子氣概又和善，但並非世上最安靜的人。每天下午，當一天的工作告一段落後，他們通常聚在索沙利托（Sausalito）[1]一家無名的酒館，有時會來我家喝點小酒，最後乾脆留下來吃晚餐。我喜歡他們，但常會有人在晚餐桌上醉倒。我本來就是個容易焦慮的小孩，這常令我緊張不安。

無論父親前一天熬到多晚，他每天總會在清晨五點半起床，到書房寫兩三個小時，然後幫全家做早點，為我母親唸報紙，再回書房繼續寫作。多年後我才明瞭，他這麼做完全出於自己的選擇，而不是找不到工作或精神有問題。我

1　距離舊金山最近的一個海灣小鎮。

總希望他有一份固定的工作，每天繫著領帶，坐在小辦公室裡抽菸。但整天坐在辦公室裡辦公，並不適合我父親的個性，我想這種工作型態會害死他。雖然他才活到五十多歲便過世了，但至少他一直以自己的方式過活。

他整天都坐在書房裡，撰寫跟他所見所知的人、地有關的書和文章。我從小就是跟這樣的一個人共同生活。他讀很多詩，有時也外出旅行；他會有目的地到任何想去的地方。當作家的好處之一，便是工作給了你一個去做任何事的理由，去任何地方挖掘、探索。另一個好處是，寫作促使你更貼近生活，觀察生活中沉重、低迷的時刻。

寫作讓父親學會留意一切事物；他也教導其他人這一點，並要他們寫下自己的想法和觀察。他的學生是聖昆丁（San Quentin）監獄參加創意寫作班的囚犯。他也會指導我，大都是透過範例。他要囚犯和我每天寫點東西，閱讀各種經典作品，並盡情運用我們能取得的任何題材。他教我們讀詩，教我們大膽創新，容許我們犯錯，並讓我們明瞭桑伯（James Thurber）[2]的見解是正確的：「矯枉過正同樣無益。」但當他幫助囚犯和我探索、發掘自己希望與別人分享的情緒、觀察、回憶、夢境，和（天曉得是什麼）意見的同時，我們卻都為了一個美中不足之處而有一點點氣惱，那就是我們終究必須真的坐下來寫。

2　1894～1961，美國作家暨漫畫家，以幽默機智著稱，著作包括《公主的月亮》（*Many Moons*）、《男人、女人與狗》（*Men, Women, and Dogs*）等。

在那段彆扭的童年時光裡，寫作是我唯一的歸屬

我認為寫作對當時的我來說，理應比那些囚犯來得容易，因為我還只是個孩子；但到現在，我依然覺得寫作很困難。我在七、八歲時開始寫作。當時我是個非常害羞、長相古怪、骨瘦如柴的小女孩，喜愛閱讀勝過一切，神經緊繃到走起路來會像尼克森般聳起肩膀。我有次觀賞一捲家庭錄影帶，是我一年級時去參加一場生日派對的情景，那些可愛的小男孩和小女孩全像年幼的狗兒般一起嬉鬧玩耍，我卻突然像隻受驚的螃蟹從螢幕前橫過，匆匆溜走。我顯然是那種長大後會變成連續殺人狂或在家裡養幾十隻貓的人。那時，我感到很不舒服，因為在場那些年紀比我大而且我不認識的男孩，會故意騎單車從我身旁掠過、嘲笑我的怪長相，每次都令我覺得自己像黑幫開車掃射的目標。我想這正是我走路像尼克森的原因：我拚命想把耳朵縮進肩膀，卻怎麼樣也做不到。遭到嘲笑促使我動筆寫作，但我寫下的並不全是好笑的事。

我第一首引起矚目的詩，與約翰・葛倫（John Glenn）[3]有關。詩的第一節如下：「約翰・葛倫上校升上天／乘著**友誼七號**太空船。」（Colonel John Glenn went up to heaven／in his spaceship, *Friendship Seven.*）這首詩有很多節，頗像我母親邊彈鋼琴邊教我唱的英國老歌謠，每首歌都長達三、四十節，總是讓我家的男親

3　1921～2016，美國太空人，1962 年搭乘友誼七號太空船繞行地球軌道三圈，寫下人類第一次在太空環繞地球的紀錄。

戚們有如被離心力壓住般深陷在長沙發和扶手椅內，兩眼呆滯地盯著天花板。

二年級的老師在課堂上把我那首約翰．葛倫的詩唸給全班聽。那一刻感覺很棒；班上同學看著我的樣子，就好像我學會開車。結果老師把那首詩送去參加加州公立學校作文比賽，還得了獎，並登在一本油印的得獎作品集上。我立刻領略到那種看見自己的創作被刊出來的興奮感。你的名字和作品被印成鉛字，等於提供了某種基本證明，確認你的存在。天曉得一個人為何會如此迫切渴望受人矚目，而不想感覺自己困在混沌的內心，像長滿刺的棘魚之類的深海生物從自己的小洞穴向外窺望、渴望被注意到？看到自己的名字和作品印成鉛字，公諸於世，是如此奇妙——你不用親自現身，便能得到眾多注目。其他有話要說或想造成影響的人，例如樂手、棒球員或政治人物，都必須站出來公開亮相，而通常不善於面對群眾的作家，卻只要待在家裡，就能成為公眾人物。這點具有不少顯而易見的優勢，比方說，你不需要精心打扮，也不會當場聽見有人對你喝倒采。

有時，我會坐在父親書房的地板上寫詩，他則坐在書桌前寫書。每隔兩三年，父親便會出一本書。書在我們家備受尊重，而偉大作家得到的推崇勝過任何人。特別的書永遠擺在明顯的位置，例如茶几上、收音機上、馬桶水箱上。

我從小便會閱讀書皮上的名家推薦以及報紙給父親的書評。這一切促使我開始期盼長大後成為作家——成為一個具有創造力的自由靈魂，以及難得能一手掌控自己人生的勞動者。

然而，我仍會為家裡總是入不敷出而擔心。我也怕父親會跟他的某些作家朋友一樣，變成遊手好閒的人。我記得十歲時，有本雜誌登出父親的一篇文章，當中提到他某天午後在舊金山以北的濱海小鎮史汀森灘（Stinson Beach）的小屋前廊，跟一群作家痛飲紅酒和抽大麻。在那個年代，除了也會嗑海洛因的爵士樂手外，沒有人會抽大麻。坐船出海遊玩或打網球才是正派中產階級白人的娛樂，而身為其中一員的父親理應不該抽大麻。我朋友的父親都是老師、醫生、消防隊員或律師，沒人會抽大麻，他們大都甚至滴酒不沾，邀來家裡晚餐的同事當然也沒人會一頭醉倒在鮪魚沙鍋裡。我讀著父親的文章，只想到世界正在我面前崩潰，說不定下次我闖進爸爸的書房要他看我的成績單時，會撞見他躲在書桌下，一隻手臂綁著我媽的尼龍絲襪，像隻受困的狼般抬頭看著我。我認為這是個臨頭大禍；我們家一定會被全社區的人排擠。

我唯一想要的是歸屬感，一個屬於我、而且他人也看得出來的歸屬之處。

到了七、八年級，十二歲的我依然骨瘦如柴，也仍常因長相古怪而備受嘲笑。生在如保羅・柯拉斯納（Paul Krassner）[4]所說的廣告合眾國（United States of Advertising），若你顯得與眾不同，例如太瘦、太高、太黑、長得太怪、太矮、頭髮太鬈、相貌太平凡、太窮或近視太深，就會活得很痛苦。我便是如此。

但我很風趣。因此那些出風頭的孩子願意讓我和他們混在一起，參加他們的派對，眼巴巴看著他們勾肩搭背、其樂融融。正如你想像，這對我的自尊並沒有太大幫助。我覺得自己是個徹頭徹尾的失敗者。但有天，我帶著筆記本、一枝筆跟父親（據當時的我所知，他還沒有開始打毒品）去博利納斯海灘（Bolinas Beach），我用紙和筆，有如畫家運用畫筆和畫布般，描繪我看到的景象：「我在潮水與沙灘的交界漫步，讓帶著泡沫襲來的浪頭吻上我的腳趾。一隻沙蟹在離我腳邊幾吋處掘了個洞，隨即消失在潮濕的沙內……。」我寫得滿長的，所以我就不提後面的內容了，省得你感到厭煩。父親說服我拿給一位老師看，結果這篇文章被收入教科書內。這件事令我的老師、父母和好幾位同學印象深刻，甚至連那些出風頭的孩子也大感驚奇，邀請我參加派對的次數隨之增加，於是我甚至更常眼巴巴地看著他們處得其樂融融。

4 1932～，作家、政治諷刺家、《現實主義者》（*The Realist*）雜誌創辦人暨編輯，是 1960 年代反傳統文化的代表人物之一。

有天，其中一個出風頭的女孩放學後跟我一起回家，打算在我家過夜，正好碰上我父母正在慶祝拿到我父親新小說的首刷本。我們都非常興奮又驕傲，而那個女孩似乎覺得我擁有世上最酷的老爸，一個作家。（她的父親是汽車銷售員。）我們一塊兒上館子晚餐，互相舉杯慶祝。全家最快樂的時刻莫過於此，況且還有一位朋友在場目睹。

當晚我們上床睡覺前，我拿起新小說，從第一頁開始唸給我朋友聽。我們並肩躺在房間地板的睡袋裡。結果第一頁寫的竟是一個男人和一個女人躺在床上做愛；那個男人玩著女人的乳頭。我開始咯咯笑，而且愈來愈無法克制。噢，我心想，我正好可以在朋友面前搞笑。於是我用一隻手摀住嘴巴，就像電影中卓別林（Charlie Chaplin）做錯事時的動作，假裝把那本愚蠢的書往我背後扔。我笑得前俯後仰，心裡一邊想，好極了，我爸是寫色情小說的。

在黑暗中，我羞慚得像支發亮的燈泡，一眼就看得出來。但我從未跟父親談起那本書，即使之後的兩三年，我都在深夜偷偷看那本書，搜尋更多性愛描述，也找到不少。我無法理解父親為何會寫這類小說。這令我又怕又難過。

後來發生了一件怪事。父親為某本雜誌寫了一篇文章，標題為「一個不適合養小孩的爛地方」，內容是關於馬林郡，特別是我們社區。那裡是你所能想像風景最優美的地方，但我們這個半島的居民酗酒率僅次於奧克蘭的美國原住民貧民窟，而且根據父親的文章所述，青少年濫用毒品的狀況令人心寒，離婚、精神崩潰和性濫交也非常普遍。父親語帶輕蔑地寫到社區裡的男人以及他們的價值觀和對物質的瘋狂追求，還有他們的妻子，「這些值得尊敬的女士，這些醫生、建築師和律師的太太們，身穿網球服和棉質洋裝，加上晒成橄欖色的肌膚和保養得很好的外表，在我們社區超市的走道閒逛，雙眼閃爍著瘋狂的光芒。」我們小鎮沒有一個人看起來是沒問題的。「這是加州沉重的悲哀，」他在文章的最後一段如此寫道。「以休憩為導向的生活方式，到最後竟是導向死亡——一種最長久的休憩。」

這整件事就只有一個問題：我很愛打網球，而那些身穿網球裝的女士是我的球友。我每天下午都跟她們一樣在同一家網球俱樂部練網球；我每個週末跟她們坐在一起，等男士們打完（他們有優先權），我們便能使用場地。而我的父親如今卻讓她們看起來像是行屍走肉。

我想我們完蛋了。但我哥哥約翰那星期從學校帶回一份父親文章的影本，是教他社會研究和英文的老師印給全班看的，他成了班上的風雲人物。那篇文章在社區激起極大的迴響：接下來的幾個月，我被網球俱樂部的不少男女球友冷落，但同時，當我和父親一起上街，人們卻常攔住他，雙手緊握他的手，彷彿他曾幫了他們什麼大忙。直到那年夏天，我終於明瞭他們的感受。那時我第一次看《麥田捕手》（Catcher in the Rye）[5]，才知道有人替我發聲的感覺，我滿足又寬慰地闔上書本，一個孤獨的社交動物終於取得與外界的聯繫。

我輟學、做枯燥乏味的工作、幾乎放棄人生，但我不放棄寫作

我在高中時期開始大量寫作，其中包括日記、激昂的反戰文章，以及模仿我喜愛作家的創作。我也注意到一件重要的事：其他孩子總要我敘述各種事件發生的經過，即使（尤其是）他們本身也在場。從我們抽身離開的派對、課堂或校園裡爆發的衝突，到我們所目睹父母爭吵的經過——我都能活靈活現地描述。我能讓事情經過變得生動有趣，甚至稍微加油添醋，使它幾乎像杜撰的故事，牽涉其中的人也顯得更有魅力並帶有意義非凡的色彩。

我相信父親當年在學校時就是一個受到信賴的人，朋友都會找他傾訴。我也肯定他後來在他養兒育女的小鎮上也同樣如此。他能從日常生活中挑出重大事件或小插曲，加以淡化或渲染，以具體呈現它們的型態、本質，並且捕捉他

5　美國作家沙林傑（J. D. Salinger，1919 ～ 2010）的小說，也是他唯一的長篇作品，書中反映了少年的焦慮與苦悶。

和他的朋友在定居、工作、養兒育女的環境中生活的樣貌。人們仰賴他將周遭發生的一切訴諸文字。

我猜想他童年時就跟同儕想法不同，也許會跟大人談論嚴肅的話題，而且和我一樣，從小便不太在意孤單。我想這類人長大後通常不是成為作家，就是變成慣犯。在整段童年時期，我一直認為自己與其他小孩的想法不一樣，雖然不見得比較深刻，但我都會努力嘗試找出某種獨創、形而上，或具美感的方式來看世界，並在腦中加以整理、組織。我看的書比其他小孩多；我沉浸書中，書便是我的避難所。我常坐在角落，小指勾著下唇，看得入神，沉迷在書籍引領我進入的地點和時代之中。到了高二，我有段時間開始認為自己能寫出與其他作家同樣出色的作品。我相信自己有辦法靠一枝筆創造奇蹟。

接下來我寫出了好幾個糟糕透頂的故事。

等我進入大學，發現整個世界在我面前敞開，老師在英文和哲學課上教的書和詩，讓我第一次感到生命存在著希望，我也許真能在一個群體中找到屬於自己的位置。我可以在我怪異的新朋友和一些特定新書間感覺到，我正逐漸變得完整。有些人想成名或變富有，但我和我的朋友想要的卻是真實存在的感覺；我們希望變得有深度。（我猜，我們也想做愛。）我對書的依賴就像有人每天非吃維他命不可；若不這樣，我怕自己永遠會是個原地踏步的自戀狂，根本不可能變得有思想、被看重。我成了一個社會主義者，但只持續五週，因為坐公車去參加社會主義者的集會實在太累人了。之後我又被怪人、少數民族、劇場人士、詩人、激進份子、同性戀者所吸引——而他們多少都幫助我得到自己一直迫切渴望擁有的，即政治上的主見以及文藝氣息。

我的朋友們帶領我進入齊克果（Soren Kierkegaard）[6]、貝克特（Samuel Beckett）[7]、多麗斯·萊辛（Doris Lessing）[8]的世界。他們的富饒與刺激令我心醉神迷。我還記得當年第一次讀C·S·路易斯（C. S. Lewis）[9]的自傳《驚喜：我的早年生活》（*Surprised by Joy*）時，裡頭提及他審視自己的內心，發現了「一座慾望的動物園，野心的瘋人院，恐懼的溫床，盲目仇恨的深閨。」我當下感到滿足和寬慰，因為我總以為那些備受尊崇的人，那些世上最和善、最聰明的人，他們的內心跟我，或者說，跟羅特列克（Toulouse-Lautrec）[10]截然不同。

我開始為大學學生報撰寫跟大一生有關的文章。幸運的是，我正好上大二。我對大學所有科目都不在行，除了一項——我的英文獲得最高分。我的論文寫得最好，但我的企圖心不僅於此，我想得到更多人的肯定。為了成為一個

6 1813～1855，丹麥哲學家暨神學家，也被譽為存在主義之父，著作包括《恐懼與戰慄——辯證的詩歌》（*Fear and Trembling*）、《論反諷概念——以蘇格拉底為主線》（*On the Concept Of Irony with Continual Reference to Socrates*）等。

7 1906～1989，愛爾蘭劇作家暨小說家，1969年獲諾貝爾文學獎，著作包括《等待果陀》（*Waiting for Godot*）、《結局》（*Endgame*）等。

8 1919～2013，英國小說家，2007年獲諾貝爾文學獎，著作包括《金色筆記》（*The Golden Notebook*）、《第五個孩子》（*The Fifth Child*）等。

9 1898～1963，英國知名作家，以兒童文學作品《納尼亞傳奇》系列小說（*Chronicles Of Narnia*）聞名於世。

眾所皆知的名作家，我十九歲便輟學了。

我搬回舊金山，不但沒有成為名作家，反而成為一個臨時雇員，我的能力差又愛哭眾所皆知。我因為工作乏味和不相信自己竟落到如此下場而哭了。後來，我在城裡一家大型工程建築公司的品質保證部門找到一份文書工作，整天被有如海嘯侵襲般的大批三聯單和備忘錄淹沒。處理這些文件是很煩人又枯燥的苦工，讓我覺得兩眼總掛著貓熊般的黑眼圈。直到最後我發現這類文書工作大都可以扔到一邊，不會真的有什麼大不了的後果，於是我便放心開始著手撰寫短篇小說。

「每天騰出一段時間寫作，」父親一直這樣告訴我。「就像練鋼琴一樣，事先排出時間，把它當成一種道義上必須償還的債，要求自己一定要寫完。」

因此除了在辦公室偷偷摸摸地寫，我每天晚上會帶著記事本和一枝筆在咖啡館待一小時左右，同時也灌了不少葡萄酒，因為作家都是這樣，父親和他所有朋友也是如此，而且對他們還滿有效的，但這也發展出令人困擾的新趨勢——他們開始試圖自殺。這當然令我父親非常痛苦。但我們倆依然持續寫作。

10　1864～1901，法國印象派後期畫家，擅長人物畫，對象多為巴黎蒙馬特一帶的舞女、女伶或妓女等中下層人物，風格寫實，色彩豐富。

我最後搬到博利納斯（Bolinas）；父親早在他離婚前一年便跟我弟弟搬到那裡。我開始靠教網球和幫人打掃住宅維生。連續兩三年，我每天都會寫一點東西，但主要都在寫我的嘔心瀝血之作，即《阿諾》（*Arnold*）這部短篇小說。內容是關於一位禿頭、留大鬍子的心理醫生，名叫阿諾，有天他跟一位有輕微憂鬱症的年輕女作家和她有輕微憂鬱症的弟弟待在一起，阿諾給了他們各式各樣心理方面的有用建議，到最後他放棄了，並決定放下身段，學起鴨子走路和呱呱叫，逗他們笑。這是我向來偏愛的主題：兩三個完全沒救的人恰巧遇到某個人，例如一個小丑或一名外國人，給了他們一點短暫的鼓舞，並向他們坦承，「我也迷路了！可是你看——我知道怎麼抓到兔子！」

這是個糟糕的故事。

我也寫了不少其他東西。我記錄周遭的人物、我居住的城鎮、我的回憶。我也記錄自己的心態、我得意的時刻、我低落的自我評價，也寫下我偷聽到的趣事。我試著像船艙裡的老鼠，抖動著薄得可看見血管的耳朵，專心聆聽周遭動靜，並試著快速記下我聽到的一切。

但大多數時候，我都在寫我的短篇小說《阿諾》。每隔幾個月，我便將它寄給父親在紐約的經紀人，伊麗莎白・麥基（Elizabeth McKee）。

「嗯，」她的回信總會這麼寫道，「現在它真的有點樣子了。」

辛辣的書評、酗酒、焦躁……

出書不如你想像中那麼好，但寫作是！

這部小說我持續寫了好幾年。我極度渴望出書。不久前，我聽一位牧師說，希望是義無反顧的耐心。我不妨補充一句，當作家也是如此。希望產生在黑暗之中，只要你站出來，堅持不移地努力將事情做好，黎明便會降臨。你等待、守望、努力工作著，你不放棄。

我沒有放棄，大部分是基於父親對我的信心。還有，很不幸的，我在二十三歲時突然有了一個想說出來的故事，那時，醫生診斷父親得了腦癌。他和我們三個孩子都很難過，但我們還是挺住了，雖然只是不至於被悲傷淹沒而已，父親要我留意並記錄一切。「妳寫下妳所知的部分，我也會寫我的部分。」

我開始動筆寫下父親將要面對的狀況，然後將這些文字整理、修改成幾篇相關聯的短篇故事。我把發現父親罹癌前一年內寫的所有小片段集合起來，改成五個連貫的篇章。病弱得無法動筆寫下他所知部分的父親，看了之後相當讚賞，並要我寄給我們的經紀人伊麗莎白。寄出後，我等了又等，那一個月等得我都快人老珠黃了。不過我猜她收到後一定欣喜若狂，因為她看到的終於不再是《阿諾》。她並不是個有虔誠信仰的人，但我總想像她會將那份稿子緊抱在胸前，閉著雙眼，身子微微搖晃，一邊喃喃自語：「上帝，感謝祢。」

她將稿子寄給紐約好幾家出版社，後來獲得維京（Viking）出版公司的採用，於是出書過程就此展開。這本書在我二十六歲、父親過世一年後出版。老天！我出了一本書！這正是我朝思暮想的一切。我終於夢想成真，對吧？哈。

在我的第一本書獲得出版合約之前，我相信出書會令人立刻感到心滿意足、別無所求，同時這也是一種千真萬確又帶有浪漫傳奇色彩的體驗，有如在賀曼（Hallmark）文具廣告中，某個人以慢動作又跑又跳地穿過開滿野花的草原，投入歡呼喝采及自我肯定的懷抱。

但這些並沒有發生在我身上。

對大多數作家而言，新書推出前的幾個月，是一生中最難熬的時期，很像電影《現代啟示錄》（Apocalypse Now）[11]開頭二十分鐘，馬丁・辛（Martin Sheen）在西貢的小旅社房間裡完全失控的狀況。等待和幻想、快樂和陰鬱交替，令你筋疲力盡，此外，還加上在新書發表的兩個月前登出的預覽書評對你造成的影響。我這本敘述至親死亡的個人經歷、充滿情感的書，得到的頭兩篇短評表示，我過世的父親會說我寫這本書簡直是浪費時間，這是一部乏味、灑狗血、自我耽溺的大集合。

這並非原文照錄。

接下來的六個星期，正如你想像，我有點焦躁不安。我每天晚上喝酒喝得很兇，並在酒吧裡告訴一大群陌生人，我父親過世了，我寫了一本書描述這件事，以及預覽書評如何批評我的書，接著我會開始大哭，再點幾杯酒，然後告訴他們，我家養過一隻很棒的狗，名叫露琳（Llewelyn），我十二歲時不得不將牠安樂死，至今依然一想到就難過。我還會告訴我的聽眾，我唯一辦得到的就是別跑去洗手間把我的腦袋一槍轟掉。

接下來，那本書推出了。我得到一些主要報刊的好評，少數則很糟糕。我出席了幾場新書簽名會，接受一些採訪，還有不少重要人士宣稱很喜歡這本

11 科波拉（Francis Ford Coppola）執導的電影，改編自英國作家康拉德（Joseph Conrad）的名著《黑暗之心》（*Heart of Darkness*），由馬龍・白蘭度（Marlon Brando）和馬丁・辛主演。

書。大體上我其實並不打算就此封筆。我私下相信，勝利的號角終將響起，重量級的書評家會宣告，我的書是美國小說自《白鯨記》（*Moby Dick*）[12]以來第一本精確描寫生命之複雜難解的書。我在出版第二本書時仍這麼想，然後第三本、第四本、第五本，依然如是。但每一次我都錯了。

但我依舊鼓勵任何有心寫作的人不妨放手去寫。**我只會試著提醒那些渴望出書的人，出書並不如一般人想像得那麼好，但寫作是。**當你寫作時，你有那麼多東西可以貢獻出來，有那麼多事物可以傳授給他人，還能得到許多驚喜。你必須要求自己去做的那件事——亦即實際動筆寫作——結果反倒是整個過程中最美妙的部分。就像你原本因為需要咖啡因才去泡茶，到最後卻發現自己真正需要的是體驗茶道進行的整段過程。寫作本身就是一種獎賞。

成年後的我幾乎每天都能完成一定的文字量，即使並沒有因此賺大錢。不過我會毫不猶豫地一次又一次投入寫作，雖然每次總免不了犯錯、低潮、崩潰等諸如此類的歷程。有時，我無法確切告訴你我這麼做的原因，尤其當我感到茫然又可悲，像是有財務問題的薛西佛斯（Sisyphus）[13]之時。不過在其他時候，寫作對我來說，宛如一個人——一個經歷這麼多年、依然對我具有特殊意義的人。這令我想起溫德爾．貝瑞（Wendell Berry）[14]一首寫給他妻子的詩，〈野玫

12　美國小說家梅爾維爾（Herman Melville）的代表作，描述船長亞哈（Ahab）帶領船員追捕一條名叫莫比．迪克（Moby Dick）的白鯨的經過。這部小說於 1851 年出版，但大眾反應冷淡，直至 1920 年後才受到重視，並被視為美國文學的經典之作。

13　希臘神話中的科林斯（Corinth）國王，神罰他將巨石推上山頂，但到山頂後石頭會落回原處，週而復始，永遠無法休息。

瑰〉（*The Wild Rose*）：

有時信賴和習以為常
令我視而不見，
於是我雖在你身邊
對你卻像對自己的心跳般，
一無所覺。

突然間你在我眼前一亮，
如茂草邊一朵盛開的野玫瑰，優雅明豔，
就在昨日僅有蔭影之處。
我再次感謝上蒼賜予的好運，
再次選擇我過去所選。

我從小便認為寫作，以及擅長寫作、能像魔法師或天神般創造出一個世界的人，帶有奧妙崇高的色彩。我過去一直覺得，有人竟能深入其他人的內心，將跟我類似的人抽離自我，然後再引領我們回到自我，實在很奇妙。你知道嗎？至今我依然這麼想。

14 1934～，美國小說家、散文作家、詩人和積極的環保人士，有「農民詩人」之稱，也是基督教文學的重要作家之一，著作包括《窗之詩》（*Window Poems*）、《老傑克的回憶》（*The Memory of Old Jack*）等。

我將娓娓道來，所有我在寫作生涯中學到的大小事

如今，我教別人寫作。這個工作機會是自然而然地出現的。十年前，有人提供我一份在寫作研習坊任教的工作，於是我便一直在教寫作。「可是你不懂如何教寫作。」有人這麼對我說。而我回答，「你又是什麼東西，上帝的教務主任？」

若有人來我的課堂，想學寫作或想寫得更好，我可以告訴他們對我向來很有幫助的一切，以及我個人每天經歷的寫作過程。我能教導他們一些小事，或許剛好是所有出色的寫作指南都沒提到的。例如，我不確定是否有人說過，十二月在傳統上是不宜寫作的月份。十二月的每一天都是憂鬱星期一，而星期一也不是寫作的好日子。經過整個週末的無拘無束、實際體驗和縱情想像後，接著星期一卻像你暴躁的斯拉夫叔叔般到來，你又得在書桌前坐下來工作。所以我只會建議來寫作研習坊上課的學生們，絕對別在十二月的星期一著手進行重大的寫作方案。畢竟，何必讓自己一開始便遭受挫敗？

採訪者總會問名作家為何寫作，詩人約翰．艾許伯瑞（John Ashbery）回答（假如我沒記錯的話）：「因為我想寫。」弗蘭納莉．歐康諾（Flannery O'Connor）*15*

則回答：「因為我擅長。」若臨時有人問我一樣的問題，我會引用這兩句話，並補充，除了寫作，我沒有其他賴以維生的職業。不過私下說句老實話，我的確想寫，也擅長寫；這並非自以為是。我常提到我所記得的電影《火戰車》（Chariots of Fire）中的一幕，男主角艾瑞克・林道（Eric Lindell），那位蘇格蘭賽跑選手，跟他擔任傳教士的妹妹在蘇格蘭一處風景優美、遍地石南的山坡上漫步。她不斷叨念著，要他退出奧運賽前訓練，回來投入他們教會在中國的傳教工作。他回答，他很想去中國，因為他覺得這是上帝對他的安排，但首先他要將全部心力放在訓練上，因為上帝也賜予他敏捷飛快的步伐。

上帝賜給我們當中一些人運用文字的敏捷天賦，也賜予我們像熱愛大自然般地愛好閱讀。我在寫作研習坊的學生都擁有這種熱愛閱讀的天賜禮物，而當中有些人對文字的感受力的確很敏銳，文筆也很好，有些人則不那麼敏銳，也寫得不太好，但他們依然喜歡傑出的作品，也有心寫作。我會對他們說，「嘿！對我來說，這就足夠了。不妨去**寫**吧。」

我告訴學生，每當我第二天早上坐在書桌前準備動筆，面對一大疊白紙，腦中沒有多少點子，懷著相同程度的驚人狂妄和低落自信，手指擺在鍵盤上卻不知要寫什麼時，是什麼感覺。我告訴學生，他們會希望馬上就寫出傑作，雖

15 1925～1964，20世紀美國最重要的作家之一，公認繼福克納之後美國南方最傑出的作家，瑞蒙・卡佛、米蘭・昆德拉、大江健三郎皆受其影響。著有《好人難遇》（*A Good Man is Hard To Find and Other Stories*）、《智慧之血》（*Wise Blood*）。

然這不太可能實現，但若他們一直保持信心並持續練習，有天**可能**會寫出好作品，而且甚至從希望寫出成果進展到只想一直寫，只想持續做這件事，就像愛彈鋼琴或打網球，因為寫作本身帶來許多樂趣和挑戰。它結合了工作和玩樂。當他們正在構思和撰寫自己的書或短篇小說時，腦中會盤繞著各種想法和創意。他們將會透過全新的觀點看世界。他們看到、聽見和學到的一切，將會成為送進磨坊裡的穀子。在雞尾酒會上或在郵局等待的隊伍中，他們會蒐集各種景象和碰巧聽到的對話，然後溜到一旁，把這些材料快速記下來。他們會碰上滿懷令人抓狂的乏味、不甘心的絕望，以及只想就此永遠封筆的心情坐在桌前的日子，也會遇到情緒高昂、感覺有如乘風破浪的日子。

接著我告訴學生，作品獲報刊或出版社採用的機率，還有從出書得到大筆錢財、心靈平靜，甚至喜悅的可能性不太高。至於情緒低落、歇斯底里、糟糕的皮膚狀況、難看的抽搐、棘手的財務問題，也許會遇到；但因為出書而得到心靈上的平靜則幾乎不可能。然而，我認為他們還是應該寫下去。我試著讓他們真正明瞭，寫作，甚至越寫越好，以及出書或短篇故事和文章被採用，並不會為他們打通一條終南捷徑。他們不會就此一帆風順，也不會感覺到全世界為他們敞開大門，並真的達成最後目標。我眾多的作家朋友臉上並沒有散發出心滿意足、怡然自得的光芒，他們大都帶著憂煩、受折磨和驚奇的神情，有如接受動物實驗的狗被噴上非常私密的體香劑。

但我的學生聽不進去。他們不想聽我直到出了第四本書、經濟狀況才改善的事實，也不想被告知他們大多數人不太可能出書，甚至只有極少數人才有辦法靠寫作維生。他們對出書的幻想跟現實狀況的差距很大。因此，我會跟他們提起我四歲大的兒子山姆（Sam）遇到的事。他上的是一所基督教會附設的小型幼稚園，前陣子正在教他們感恩節的由來。他有個朋友也叫山姆，不過已經十二歲，而且很精明。他要我兒子把自己所知關於感恩節的一切全告訴他，於是我兒子把在幼稚園學到的講出來。那是個動人的小故事，描述當年清教徒遠渡重洋來到美國，受到印地安人的幫助，因此邀請印地安人參加豐收慶典，共享歡樂和美味的食物。講到這裡，大山姆轉身，語帶苦澀地對我說：「我猜他還沒聽過清教徒把沾染天花病毒的毛毯送給印地安人的那部分。」

也許我們還沒送出那些毯子，也許我們依然很克制。但重點是，我那些渴望出書的學生們還不知道出書也有像沾染天花病菌的毛毯般的部分。因此，這會是我要告知他們的事情之一。

但我也告訴他們，有時我的作家朋友會覺得寫作時比其他任何時刻更自在、更有活力。有時當他們寫得很順，便會感到自己有所成就，彷彿那些剛好確切適合的文字早已存在腦中，只需要把它們寫出來。在這種情況下，寫作便有點類似幫母牛擠奶；奶水是如此充沛香濃，而母牛也樂意讓你擠奶。我希望來上課的人也能有這種感覺。

所以，我會告訴他們所有我近期一直思考或討論的，那些曾幫助我完成作品的大小事。有些其他作家的例子或他們說過的話，不僅曾啟發我，我也會在每期課程中傳授給學生們。還有一些是正當我沮喪、煩悶、憂心或忙著湊計程車錢到金門大橋跳橋自殺而打電話給朋友時，他們提醒我的事。本書接下來的內容，都是我在寫作生涯中學到，並在課堂上傳授給每一期學生的東西。這本書跟其他寫作指南不同；它們有些寫得非常棒，但這本書比較個人，比較像我在課堂上教授學生的內容。以下的章節便是我至今所知關於寫作的一切。

第一部

寫作

WRITING

寫作者一旦缺乏精湛的寫作技巧，
就無法支撐起作品想表達的深刻內涵，
因此，安 · 拉莫特將在第一部中，
開門見山地公開寫出好故事必備的 12 個入門技法，
從最基礎的動筆、擬初稿開始，
到進階的角色、對話、情節、場景設計，
為你建立一套最完整的「寫作技巧必修課」！

Chapter 1

開始動筆就對了

Getting Started

我在寫作研習坊的前幾堂課程中，時常會遇到學生這麼問：
「我連從哪裡著手都不知道……」
我的建議是，從自己的童年往事著手，
任何有本事撐過童年的人，一輩子都不缺題材可寫。
每天在差不多固定的時間坐在書桌前，開始動筆就對了！

我總會在寫作研習坊開課的第一天告訴新生，寫出好作品的要件就是照實描述。我們是一種需要、也想要了解自己是誰的生物。羊蝨似乎不像我們一樣擁有如此渴望，所以牠們不寫作。每年我的學生都有一籮筐故事想說出來，於是便興致勃勃、甚至可能滿心歡喜地開始動筆寫作，打算全心投入這件從小就由衷渴望的工作，相信最後人們將會聽到他們的聲音。但在書桌前坐了幾天後，他們卻發現要以生動有趣的文字描述事實，竟有如幫貓洗澡般困難又磨人。有些人喪氣了，自信和對故事的感覺也隨之崩盤，過程大致如下：他們第一天來研習坊上課時，看起來就像滿懷期盼的天真小鴨，打算隨我到天涯海角，但到了第二堂課，他們只是木然地看著我，彷彿寫作熱情完全消逝。

「我甚至連從哪裡著手都不知道。」有人會這樣哀聲抱怨。

任何有本事撐過童年的人，一輩子都不缺題材可寫

我告訴他們，從自己的童年往事著手。一頭跳進你的回憶，沉浸其中，並將所有記得的事盡可能照實寫下。弗蘭納莉．歐康諾（Flannery O'Connor）曾說，任何有本事撐過童年的人，一輩子都不缺題材可寫。或許你的童年過得悽慘悲苦，但若能照實寫出來，悽慘悲苦也不算太糟糕。不過，**先別擔心寫得好不好；開始動筆就對了。**

現在，你想到的題材可能多到讓腦子當機，我也是，我撰寫多年的美食評論後，腦海充塞了太多關於餐廳和各色菜餚的記憶，以至於有人臨時要我推薦，我反而連一家曾親自光顧過的餐廳都想不起來。但若對方能將範圍縮小，比方說印度菜，我可能會想起某次我的約會對象曾在一家富麗堂皇的印度餐館，向侍者索取吉卜林（Rudyard Kipling）[1]的作品集錦，接著竟然還開口點韃靼

1　1865～1936，英國小說家暨詩人、史上最年輕的諾貝爾文學獎得主，著有兒童經典文學《叢林奇譚》（*The Jungle Book & The Second Jungle Book*）、長篇小說《基姆》（*KIM*）等。

牛肉，牛在印度人的心目中可是神聖無比的動物！然後，我腦海中會隨之湧現更多跟其他約會對象和印度餐廳有關的記憶。

所以，**當你不知道該從哪裡著手時，不妨就從回想並寫下你入學最初幾年遇到的每一件事著手**。先從幼稚園開始，把你想到得那些事，試著記住並寫下來。別擔心寫得不好，因為沒人會讀到。然後回想一年級時，接著再到二年級、三年級。你的老師和同學有哪些人？你穿什麼樣的衣服去上學？你嫉妒過誰？曾珍藏什麼？然後再將範圍擴大些。那幾年間，你曾和自己的家人一起去度假嗎？寫下來。是否還記得你總覺得別家人看起來就是比自家人體面得多？是否還記得你拿著汽車內胎當游泳圈到河裡玩水、鑽進和鑽出內胎時，大腿總是留下一道道刮痕，只因為家人老是搞丟應該旋緊在內胎充氣孔上的小防護蓋，而別家的人卻從來不會把蓋子搞丟？

如果這個方向沒有用，或者有成效、但也挖掘得差不多了，不妨將重點轉到節日和重要聚會，看看它們能否幫你回想起過往生活的點滴。你可以寫下記憶中每年過生日、聖誕節、復活節，或任何節日曾發生的一切，包括在場的所有親戚。寫下你曾發誓絕不告訴任何人的所有事。你能否想起自己的生日聚會？比如災難性的插曲、生日到來的前幾天，還有親戚們被蛋糕燭光照亮的臉？仔細回想所有細節：人們吃的食物、放的音樂、彼此的對話、身上的服裝——那些縫滿花瓣裝飾的難看泳帽，男士們醜陋的游泳褲，以及你那位胖姨媽身上緊到恐怕得動用油壓剪才脫得下來的小洋裝。寫下女士們頭上塞豬鬃毛梳成的蓬捲髮、你的父親伯叔們用來固定西裝襪子的襪帶、祖父的帽子樣式，還有表兄弟們身上的童軍服是如何筆挺整潔，而你自己身上的那套卻活像是剛從衣櫃角落挖出來似的。描述風衣、披肩和短外套的樣式，人們穿著和脫下它們後的模樣。試試看能否想起十歲那年聖誕節收到的禮物，還有它帶給你的感受。記下那些成年人多喝幾杯後的言行舉止，尤其是你父親在某年國慶日調了魚庫潘趣酒（Fish House punch），結果所有喝了酒的大人在屋子裡搖搖晃晃地走來走去的景象。

記住，你的經歷是屬於你自己的。如果你的童年稱不上幸福，你很可能從小到大都認為，若把家中發生過的一切照實寫出來，就會有一根瘦長的白色手指從雲端伸出來指著你，以如雷般令人不寒而慄的聲音說道：「我們**警告過**你不可以說。」但畢竟都已是陳年舊事了，所以不妨寫下你對父母、兄弟姊妹、親戚和鄰居的所有記憶，我們稍後再來討論誹謗的問題。

「可是，該怎麼做？」我的學生問道，「那妳是怎麼做的？」

若你在書桌前坐得夠久，你就會有收穫

我告訴他們，**坐下來；試著在每天差不多固定的時間坐在書桌前。這是訓練自己的潛意識動起來的方法。**比方說，你每天在早上九點或晚上十點坐下來，將紙放進打字機，或啟動電腦、打開檔案，呆呆看著它一小時左右。然後你開始前後搖晃身子，起初只是小幅度的，到後來簡直像個自閉症的大孩子。你盯著天花板，再望向時鐘，打哈欠，然後又回到紙上。接著，你將手指放在鍵盤上，一個影像開始在腦中成形——某個景致、地點、人物、任何東西——然後你試著靜下心，好讓自己能排除腦子裡的其他聲音，聽見那個景象或人物要說什麼。其他聲音是妖精和搗蛋鬼。它們是焦慮、批評、悲觀、罪惡感，以及嚴重的憂鬱症。此外，可能還有一個蠻橫的聲音對你下命令，告訴你還有一堆瑣事得立刻處理，比如：必須把食物從冷凍庫拿出來、有約會得取消或改時間，或眉毛該拔了。但你幻想自己正拿著一把槍指著頭，強迫自己待在書桌前。你可能感到頸根疼痛無比，懷疑自己是否得了髓膜炎。接著電話響起，你不快地翻了翻白眼，要求自己認命地接了電話，語氣禮貌但可能帶了點幾乎聽不出來的不耐煩。對方問你是否在忙，你回答沒錯，因為你的確在忙。

在這一切的表面下，你要清理出一個角落給寫作的欲望，大刀砍掉其他聲

音，開始組織句子。你開始如串珠子般將一個一個字連成一段故事。你極度渴望表達、啟發或娛樂他人，渴望保存美善、歡樂或超凡的時刻，渴望重現真實或想像的事件。但你不能期待它一蹴可幾，因為這是一件關乎堅持、信念和辛勤耕耘的工作。所以不妨直接動筆。

我希望能擁有什麼速成的寫作祕訣，某種我父親臨終前以微弱的聲音傳授給我的祕方，或某種讓我坐在桌前就能像導航員般指引靈感降落的口訣。但我沒有。據我所知，幾乎我認識的每個人都有非常類似的寫作過程。好消息是，有天你會發現，寫作的過程感覺上就像是跳脫自我設限的框框，好讓任何想要被寫下來的東西，都能透過你訴諸文字。這有點類似要跟某人討論一件難以措辭的事，當你打算付諸行動時，內心不禁希望和祈禱，只要站在對方面前並試著開口，就能說出適當的話。通常，你的確找到了適當的措辭，也「寫」了好一陣子，將許多想法訴諸文字。但壞消息是，若你跟我類似，會把自己寫的東西從頭到尾讀過，你很可能整天滿腦子只想著你寫的東西，同時祈禱在能夠全部重寫或刪除之前不會死掉，以免引頸期盼的眾人會看到並發現你的初稿寫得有多爛。

即使滿腦子想著這些事並沒有害你失眠，但痛恨自己的感覺也可能會讓你在晚餐前陷入嗜睡症的昏迷狀態。就算你在正常時間入睡，十之八九你還是可能因為夢見自己死了，而在凌晨四點驚醒。死掉這件事感覺上遠比你過去想像得還更可怕。通常你會藉由回想前一天寫下的東西（那篇又臭又長的文字）來安撫自己。你或許會因為文章寫得實在很爛而輾轉反側，覺得這一生毫無意義，也從來沒有人真正愛過你；你可能滿腦子都是波濤洶湧的羞愧感，認為自己的作品沒救了，也認知到你恐怕得將目前為止寫的所有東西扔掉，再次爬梳回憶並重寫。但你沒辦法這麼做。因為你突然發現自己得了癌症，病入膏肓。

然後奇蹟出現了。太陽依然升起，於是你起床，照慣例一件接一件做著起床後該做的事，最後，九點了，你發現自己回到書桌前，茫然盯著你前一天寫的幾頁文字。第四頁前半是一大段關於各種生活經歷的敘述，當中描寫的氣味、聲音、顏色，甚至一段對話，讓你不由得非常、非常輕柔地對自己說：「嗯。」你再次抬頭望向窗外，但這回，你的指尖輕敲著桌面，也不在乎前三頁了；那些會被扔掉，那些是你需要寫出來、好引出第四頁這一大段其實打從一開始動筆便已存在腦中的文字，只是當時你並不知道，也無從得知，直到你真正寫出來。於是故事開始成形，你也逐漸明瞭自己**不是在**寫什麼，而是在幫助自己發現你**是在**寫什麼。不妨想像一位優秀的畫家正嘗試捕捉腦海中的某個景象。他會從畫布的一角開始，在適當的位置描繪，畫出後卻覺得不夠好，便用白色顏料蓋掉，再試一次。每回他都會發現自己想畫的不是什麼，直到最後終於發現他要畫的是什麼。

當你真正發現自己內心景象的一角是什麼，便等於開始起跑了。而這也的確像跑步；我總會想起《兔子，快跑》（*Rabbit, Run*）一書的最後幾句話：「他的腳跟先是重重落在人行道上，但一種奇妙的恐慌促使他立刻輕易地集中心神，腳步變得更輕、更快，也更小聲，他跑著。啊！跑吧。跑吧。」

我希望自己能更常體驗到那種靈光乍現的感覺。我幾乎從來沒有過。我唯一知道的是，**若在書桌前坐得夠久，我就會有收穫。**

我的學生盯著我一會兒。「我們要如何找經紀人？」

你應該先成爲優秀的寫作者，而不是問我該如何找出版社和經紀人

我嘆了口氣。如果你準備就緒，那麼目前有一些列出眾多經紀人的名冊。

你可以從中挑出幾個人，寫信過去詢問他們是否願意看看你的作品。他們大都不會答應。但如果你真的寫得很好，又很有耐心堅持下去，最後會有人願意讀讀你的作品，並簽下你。我幾乎可以如此保證。但此刻，我們應該把注意力集中在寫作這件事，以及如何成為一個更優秀的寫作者。因為成為更優秀的寫作者，將能幫助你成為更好的讀者，**這是**一個實實在在的回報。

但我的學生不相信我。他們想擁有經紀人，想出書。而且，他們想退錢。

他們大都早已寫了一段時間，有些人甚至投入很多年。其中不少人以前常聽到別人稱讚他們文筆不錯，而他們想知道為何當自己坐下來要動筆時，還是會覺得不可思議，為何他們想到好點子並寫出一個句子後，卻驚恐地發現它竟然那麼拙劣。接下來折磨他們的各種精神病主要病徵，便如鱒魚跳出水般一下子發作——妄想、猜疑、過度自我膨脹、厭惡自己、注意力無法集中，甚至洗手強迫症、病菌恐懼症，尤其還加上偏執。

我告訴他們，你可以對這些感覺棄械投降，任它們擺佈，或者也可以，比如說，把偏執視為一個好題材。你可以將它當成剛從河裡淘上來的泥土般隨意捏塑，讓你筆下的角色之一理所當然成為一個偏執狂。透過賦予他這個特質，你可運用並塑造出某種真實、可笑或恐怖的形象。我曾在某人寄給我的一首菲利普・洛佩特（Phillip Lopate）[2]的詩中讀到這類描述，內容如下：

身為你最親密友人的我們
認為該是時候告訴你
我們每個星期四都有團體聚會
我們既不如你所願那麼愛你
也不放你走。
因此我們想方設法
讓你身陷無邊無際的
不確定
挫折
不滿
和折磨。
你的心理分析師
還有你的男友
你的前夫
全都知情；

2　1943～，美國作家暨知名影評人。

只要你還需要我們
我們就會一心
讓你感到絕望。
當告知你
眾人聯手的那一刻
我們便明瞭
這等於將
對抗不確定的解藥
當然還加上
對抗我們的解藥
放入你的手心。
但既然週四之夜
讓我們達成一致目標
重點理所當然幾乎非關它本身
而是你
所以我們認為你很有可能
繼續無理索求關愛
若這不是出於你的毀滅性人格

便是為了大家的利益。

我的學生們活像電影《飛越杜鵑窩》（*One Flew Over the Cuckoo's Nest*）裡的角色般瞪著我。幾乎只有三個人覺得這首詩有趣，或甚至認為這是一首把自身的偏執化為精采和誠懇文字的好例子。少數人好像不太舒服。最想出書的那些人則認為我是個極度憤世嫉俗的人；當中有些人似乎很喪氣，有些人則以明顯的厭惡眼神望著我，彷彿我正赤身裸體地站在螢光燈下。

最後有人舉手。「妳是否可以直接將稿子寄給出版社，或者一定得透過經紀人？」

過了一會兒，我回答：「**你**一定要透過經紀人。」

你喜愛閱讀好作品，也想寫出來，這就是你得立刻動筆的理由

這個疑問之所以反覆出現，是因為這些人太想出書了。他們**是想**寫作但內

心**真正想要**的是出書。我告訴他們，這個目標並非一蹴可幾。我們都想進入這道大門，而寫作可以幫助你找到並開啟它。寫作能帶給你像生養小孩般的感受，促使你集中注意力，幫助你變得柔和及清醒。但出書不會；你絕無法透過出書得到這些。

我三歲半的兒子山姆（Sam）有一組塑膠玩具手銬和開啟它們的鑰匙。某天早上，他故意將自己鎖在家門外。當時我正坐在沙發上看報，聽見他將玩具鑰匙插進前門鎖孔，試圖開門。接著我聽見他說，「喔，屎（shit）。」我的臉立刻像孟克（Edward Munch）[3]畫作〈吶喊〉（*Scream*）中的那個男人般拉長了。過了一會兒，我起身開門。

「寶貝，」我問，「你剛剛說了什麼？」

「我說，『喔，屎。』」他回答。

「可是寶貝、那是髒話。我們**都**不該說髒話，好嗎？」

他抬著頭想了想，然後點點頭，並說：「好的，媽。」接著他靠過來，像要透露什麼機密般對我說：「可是我要告訴妳我為什麼說『屎』。」我說好。他說：「因為那些他媽的（fucking）鑰匙！」

3　1863～1944，挪威表現主義畫家與版畫家。

假鑰匙並不能幫你打開門。你期待出書為你獲取的一切，幾乎都是假的，都是幻影——就像印在信用卡上的展翅老鷹並不會真的飛上天，只是看起來像是而已。真相是，若你每天堅持不懈地創作自己的音樂，慢慢試著更加努力練習，聆聽傑出音樂家演奏你喜愛的音樂，你也會變得更優秀。有時當你坐在書桌前工作，會感到乏味和提不起勁，而接下來的一整天或許都處於這種狀態，又或許能夠慢慢擺脫這種狀態；但你若以為成功的作家就不會有感到乏味和挫敗的時刻，不會有強烈感覺自己如水黽般神經質和渺小的不安全感，那就錯了。他們的確有。但他們也常在寫作時感受到巨大的驚奇，並明瞭這正是自己此生唯一想從事的工作。所以，如果你內心最大的渴望之一是**寫作**，那麼有一些方法能幫助你達成，也有好幾個理由可以說明為何動筆去寫很重要。

「再說一次，那些理由是什麼？」我的學生問道。

因為對我們當中的某些人來說，書籍幾乎跟世上的一切同等重要。這些小小的、扁平的、堅硬的方形紙製品，竟能在我們眼前展開一個又一個天地，陪伴、撫慰、平靜、激勵我們的心，實在不可思議。書幫助我們了解自己是誰和自己的行為反應，讓我們看到群體和友誼的意義，以及如何生活和死亡。書中充滿了我們無法從現實生活中獲得的一切——例如美妙、充滿情感的語彙。此外，書還賦予我們長時間的專注：我們可能在日常生活中留意到一些令人驚奇的小事物，卻很少停下來仔細觀察，而某位作者竟**能**寫出使你專心沉浸其中的迷人作品，這是一種偉大的天賦。我對好書的感激是無窮盡的，我對它們懷抱著跟大海等量齊觀的感激。你不也一樣嗎？我問道。

大多數人點點頭。這正是他們在此的原因：他們喜愛閱讀，他們喜愛好作品，他們也想寫出來。但少數幾個學生依然帶著絕望和被背叛的表情望著我，彷彿他們打算上吊。我輕快地告訴他們，想退錢已經太遲了，但我有更好的東西。**接下來兩個章節是我所能傳授的兩個最有用的寫作概念。**

Chapter 2 先寫一段一英寸見方的短文

Short Assignments

第一個有用的寫作概念就是「撰寫短文」。開始動筆時，你也許你完全不知道目的地在哪？這時候你只需要說服自己，想出一英寸見方大小的故事敘述就好，先從完成一篇短文開始。

寫小說就像開夜車，你的視線只達車頭燈照得到的範圍，但你還是能這樣走完整段路。

第一個有用的寫作概念是撰寫短文。通常當你坐下來準備動筆時，你想寫的可能是部講述童年的自傳體小說，或一齣關於移民經歷的戲劇，或比如說，一段婦女的歷史。但這就像想親自測量冰河：你的雙腳很難站穩，每個指尖凍得發紅龜裂，然後你的各種精神病徵會像行蹤最詭祕的重病親戚般，來書桌前報到。他們拉開椅子，環坐在電腦前，即使他們試著不吵不鬧，但你知道他們就在背後，散發出帶腥味的怪異氣息斜睨著你。

面臨這樣的時刻，我會愈來愈驚慌，聽見腦中的叢林戰鼓響起，知道自己的靈感之井枯竭了，我看不見未來，必須趕快找份工作，但我一無所長；此時，我的應對之道是暫停。首先，我試著深呼吸，不然我會像坐在桌前像隻迷你犬喘氣，或是像哮喘病患死前喉頭無意識地發出緩慢的咯咯聲。我會坐在原處一分鐘，放慢、平緩的呼吸，任思緒漫遊。過了一會兒，我可能發現自己正思考我是否年紀大到不適合做牙齒矯正，並考慮現在是不是打電話問人的好時機。接著，我又開始考慮學化妝，說不定這樣就能找到一個狀況不算太差的男朋友，我的生活將會非常美滿，我也會永遠快樂幸福。然後，我想到所有早在我坐在桌前準備動筆前就該回電的人，還有我也許該跟我的經紀人報到一下，告訴他我剛才想到的好主意，看看他是否也同意，以及他是否覺得我該去矯正牙齒——或許這正是每次我們一起午餐時他真正在想的事。接著，我想到某個我實在很討厭的人，或某個讓我抓狂的財務問題，便打定主意一定要在今天開始寫作之前解決。於是，我彷彿變成一隻擁有潔牙玩具的狗，先啃玩具一陣子，再將玩具甩在地上，跟它玩角力，再把它往身後扔，追它、舔它、咬它，然後甩到身後。我停下來喘口氣，只差沒有真的汪汪叫。但這整段過程只花了一到兩分鐘，所以我還不算浪費太多時間。不過，這讓我喘不過氣來。於是，我再次嘗試平緩的深呼吸，最後，我注意到我放在桌上用來提醒自己撰寫短文的一英寸相片的相框。

爲你要說的故事想出一英寸見方的文字敘述，
例如，一小塊畫面，一個回憶，一段對話……

這幅相框提醒我，我唯一該做的就是寫出一英寸見方的短文。這是目前我應該寫出來的篇幅。舉例來說，當下我必須做的是寫一小段故事背景設定在我家鄉小鎮的敘述，時間是五〇年代，當時仍有火車停靠。我將用我的文書處理軟體、透過文字來描繪故事背景。或者，我想敘述的是主角首度出場的模樣，即她在故事中第一次走出屋門到前廊的情景。我不打算描述當她第一次注意到瞎眼的狗坐在她車輪後的表情，因為我只需要能塞滿一英寸見方相框的文字，一小段以我成長的小鎮為背景的故事，和描寫這名女子在故事中首度出現的景象。

道科特諾（E. L. Doctorow）[1]曾說：「**寫小說就像開夜車。你的視線只達車頭燈照得到的範圍，但你還是能這樣走完整段路。**」你不需要明白自己將前往何處，也不用看見目的地或途經的一切，你只要能看清前方兩、三英尺的範圍即可。這是目前為止我所聽過關於寫作或人生最好的建議。

在把世上我最憎恨的人、我最明顯的財務問題，還有牙齒矯正全想過一

1　1931～2015，美國後現代作家，曾兩次獲得福克納文學獎、古根漢獎、國家圖書獎，著有小說《強者為王》（*Billy Bathgate*）、《大進軍》（*the March*）等。

遍，因而把自己搞得筋疲力竭之後，我記起那個一英寸照片的相框，並為我要說的故事想出一英寸見方的文字敘述，一小塊畫面，一個回憶，一段對話。我還想起一個故事，我知道自己曾在別的地方講過，它總能幫助我掌握開始動筆的竅門。三十年前，我的哥哥十歲，第二天得交篇鳥類報告。雖然他之前有三個月的時間寫這份作業，卻一直沒有進展。當時，我們在位於博利納斯（Bolinas）的小屋度假，他坐在餐桌前，周圍散置著作業簿、鉛筆，和一本本沒打開的鳥類書籍。他面對眼前的艱鉅任務，不知如何著手，簡直快哭出來了。後來，我父親在他身旁坐下，把手放在他肩上說：「**一隻鳥接著一隻鳥，夥伴。只要一隻鳥接著一隻鳥，按部就班地寫。**」

我又把這個故事講一遍，因為它通常能在我的學生感到極度頹喪時起點作用。有時，這個故事的確為他們帶來希望，而希望，正如卻斯特頓（G. K. Chesterton）[2]所言，是讓我們在遭遇理應感到絕望的狀況時，還能保持愉快的力量。寫作可能會是一件令人非常喪氣的工作，因為它牽涉到我們內心最深切的需要：需要被看到、被聽到，渴望自己的生命有意義，需要覺醒、成長，和有所歸屬，也難怪我們有時會太過認真看待跟自己相關的一切。以下是另一個我常說的故事：

2　1874～1936，英國文壇祭酒，作品包括推理小說《布朗神父》（*Father Brown*）系列作品、《奇職怪業俱樂部》（*Billy Bathgate*）等。

比爾・墨瑞（Bill Murray）[3]在電影《烏龍大頭兵》（Stripes）中飾演一名剛從軍的新兵。其中一幕是在新兵訓練營的第一夜，墨瑞所屬的那一排在軍營內集合，以彼此認識並和領導他們的中士見面。每個人有一點點時間告訴大家自己是誰、來自何地。最後輪到一個極度緊繃、憤怒的傢伙，法蘭西斯（Francis）。「我叫法蘭西斯，」他說，「但沒人叫我法蘭西斯——如果這裡有任何人敢叫我法蘭西斯，我會殺死他。還有，我不喜歡別人碰我。如果這裡有任何人敢碰我一下，我會殺死他。」此時，中士跳出來說：「嘿——**放輕鬆點**，法蘭西斯。」

把這段台詞貼在你書房的牆上也不壞。

不妨盡可能和善地告訴自己，嘿，親愛的，我們此刻所要做的就只是寫一段描述河上日出景致、小孩在俱樂部泳池游泳，或一名男子與他未來將結為連理的女子邂逅的文字。我們現在要做的就僅是如此。我們只要「一隻鳥接著一隻鳥」慢慢來，終究會完成這一篇短文。

3　1950～，美國喜劇演員，曾入圍奧斯卡最佳男主角獎，演出作品包括《與森林共舞》（*The Jungle Book*）、《愛情，不用翻譯》（*Lost in Translation*）、《歡迎來到布達佩斯大飯店》（*The Grand Budapest Hotel*）等。

Chapter 3

所有的傑作都始於拙劣的初稿

Shitty First Drafts

第二個有用的寫作概念就是「寫出很爛的初稿」。
所有優秀的作家都免不了寫出很爛的草稿。
你應該先寫下比應有篇幅長兩倍的初稿，
這能幫你領悟到自己打算寫什麼，
或可能可以朝什麼方向發展，
是我目前試過最有效的寫作方式。

我幾乎可以斷言，比練習寫短文更好的另一個概念，是「初稿通常很爛」。所有優秀的作家都免不了寫出很爛的初稿，這也是他們最後能寫出尚可的第二份草稿，和出色的第三份草稿的基礎。人們常想像那些能出書、甚至可能因此賺大錢的成功作家，每天早上在書桌前坐下時，總會感到自己身價非凡，信心十足，對自身擁有的豐沛才華及腦中的精采故事都很滿意。接著，他們深吸幾口氣，捲起袖子，轉轉脖子幾圈活動筋骨後，便投入工作，如法庭書記官般神速地打出一段段流暢完整的故事情節。

但這只是沒有經驗的人幻想出來的。我認識一些非常傑出的作家，是你所喜愛的，而且文筆優美，也因此賺進了大把鈔票，但**沒有一個人**在每天固定時間坐下來工作時，總是自信滿滿、衝勁十足。他們所有人的初稿都不怎麼優美。好吧，其中有一個算是，但我們不太喜歡她的作品。我們不認為她的思想有深度，或上帝愛她、甚至能忍受她。（我跟我的牧師朋友湯姆提起這件事，結果他說，若你最後發現上帝跟你都痛恨同樣的人，你大可假定你是以自己的形象創造了上帝。）

很少有作家真的清楚他們正在寫什麼，直到寫完才恍然大悟。他們動筆時也並非神清氣爽、興致勃勃。他們不會打了幾行用來熱身的平庸句子，然後就文思泉湧，下筆有如愛斯基摩犬般在雪地飛快奔馳。我認識的一位作家告訴我他每天早上坐下來，便會好聲好氣地告訴自己：「**你不是沒有選擇，你有的，你可以開始打字，或自殺。**」我們常常覺得寫作像在拔牙，即使是文體公認最流暢和渾然天成的那些作家。大多數時候，適切的字彙和語句並不會像自動收報機的紙帶般快速跑出來。不過，據說莫莉爾．史派克（Muriel Spark）[1]自認寫作是每天早上為上帝的口述做紀錄——我猜想她大概只要坐在桌前，接好口述錄音機，然後一邊哼著歌，一邊將口述內容打出來就好。這種姿態非常挑釁。有些人可能會希望這類人霉運不斷。

1 1918～2006，英國戰後最偉大五十位小說家，曾獲布萊克紀念文學獎、Golden PEN 終身成就文學獎，著作包括《春風不化雨》（*the Prime of Miss Jean Brodie*）、《共謀》（*Aiding and Abetting*）等。

對我和我認識的大多數作家而言，寫作並非一件會令人欣喜若狂的工作。事實上，唯一能讓我寫出任何成果的訣竅，是寫下真的、真的爛到極點的初稿。

便便褲先生、灑狗血的可笑用詞……別擔心，反正初稿不會有人讀到

初稿是小孩的遊戲之作，你大可暢所欲言，無所禁忌，因為你心知沒人會讀到，稍後再修改也無妨。你可以任由內心孩子氣的那一面，將腦海裡的任何聲音和景象引導出來，化為文字。如果其中一個角色想說：「嗯，那又怎樣，便便褲先生（Mr. Poopy Pants）？」你會由她說，反正沒人會讀到。如果你孩子氣的一面想沉溺在非常多愁善感、悲情、灑狗血的天地裡，也由它去。你只需要把它全部訴諸文字。因為這六頁瘋狂的文字當中，說不定會有引人入勝的部分，是你幾乎不可能靠較理性、成人的方式獲得。也許你正好在第六頁最後一段的最後一句發現自己喜愛的部分，它如此優美或狂放，令你當下多少領悟到自己打算寫什麼，或可能要朝什麼方向寫——但若沒有前面寫下的五頁半，也不可能獲得這個成果。

在《加州》（*California*）雜誌停刊前，我常為他們撰寫美食評論。（我的美食評論跟雜誌停辦無關，即使每篇評論的確都導致幾位訂戶取消訂閱。有些讀者對我將一坨坨蔬菜泥比做某幾位前總統的大腦相當不滿。）撰寫這些評論通常需要兩天。首先，我會拉幾個很有主見、口齒伶俐的朋友陪我一起上餐廳。我會坐在餐桌前，將每個人說的趣話妙語記下來。接下來的星期一，我會帶著那些筆記坐在書桌前，嘗試寫出一篇評論。雖然我已有多年撰寫評論的經驗，動筆時仍會感到心慌。我會試寫一段開頭，結果發現自己竟寫出幾行糟糕透頂的句子。我會刪掉，再試，又全部刪掉，接著便感到憂慮和絕望像一件X光防護背心壓著我的胸口。我平靜地想，完蛋了，這回我再也不會有神奇的文思。我慘了，我毀了，我死定了。我會想，或許我可以再回去做文書小姐，但人家不見得還想用我。我會起身到鏡子前端詳牙齒一會兒。然後停下來，提醒自己別忘了呼吸，打幾個電話，進廚房找東西吃，再回到書桌前坐下，花十分鐘長吁短嘆。最後我會拿起那個一英寸照片的相框，盯著它，彷彿它會給我回應，而每次也的確得到了：唯一我該做的，就是針對——比方說，文章開頭——寫一段真的非常拙劣的初稿。**反正沒人會讀到。**

於是我開始動筆，毫無顧忌地寫。這幾乎只能算打字，只是讓自己的手指動起來。寫出來的東西也令人**不忍卒睹**。我會寫一段長達整頁的開頭，即使一篇評論實際上只需要三頁，接著，我開始描寫食物，一次一樣菜餚，就如同我父親說過的，「一隻鳥接著一隻鳥按部就班」，但批判卻像卡通人物般坐在我肩頭叨念著。它們會不留情面地嗤之以鼻，或對我冗長的描述翻白眼，毫不理會我有多努力嘗試簡化那些描述，也不管我對一位朋友在我從事美食評論之初提出的委婉建議有多在意。「安妮，」她說，「這只是一塊雞肉；這只是一塊蛋糕。」

但此時我已撰寫評論很長一段時間了，所以我終究會信任「寫出很爛的初稿」這套程序——多多少少。我會寫下比應有篇幅長兩倍的初稿，其中包括囉嗦無聊的開頭、愚蠢可笑的餐點描述、許多引自我那幾位有黑色幽默的朋友們所說的話——那些話讓她們聽起來不像饕客，倒像是曼森家族的女信徒（Manson Girls）[2]——而且通篇沒有結尾。整篇文字又臭又長，語無倫次到讓我在能動筆寫第二份草稿之前，整天滿腦子只想著萬一初稿流出去怎麼辦。我擔心有人讀完後會認為我死掉其實是自殺，並非意外，原因是我發現自己文思枯竭，腦子當機，所以慌了手腳。

不過第二天，我會坐下來，拿著一枝非黑色的筆，整篇讀過，將我認為沒必要的部分刪除，從第二頁當中搜尋適合當新開頭的部分，思考該在何處結尾

2 指美國連續殺人犯查爾斯．曼森（Charles Manson）身邊的女性追隨者，曼森跟他身邊的男女信徒所組成的「家族」，曾犯下多起謀殺案，其中最著名的是導演羅曼．波蘭斯基的家宅血案。

較有力，接著便開始寫第二份草稿。這種方式通常很有效，有時甚至好玩、古怪，又有用。我會照此方式再審閱一遍，然後把稿子寄出去。

一個月後，當我又要開始寫另一篇評論時，整個過程會再來一遍，當然也會為了怕有人在我重寫前讀到初稿而掉眼淚。

所有出色的創作都是從不忍卒睹的第一次嘗試開始

——清除腦中的噪音，寫下去就對了！

幾乎所有出色的創作都是從不忍卒睹的第一次嘗試開始。你必須從某個地方起跑，從將任何想法付諸文字開始。我的一位朋友表示，初稿是下等版——你只是寫下來。第二份草稿是升級版——你修改文字，提升品質。第三份草稿是牙醫版——你檢查每一顆牙齒，搜尋是否有鬆脫、不齊或蛀壞的，或者，若幸蒙天助，你會發現它們健全無瑕。

我從坐在桌前撰寫拙劣初稿當中學到的另一件事，是如何清除腦中浮現的噪音。首先我會聽到尖酸刻薄的讀者女士（Reader Lady），她一本正經地說，

「嗯，**那些**並不怎麼吸引人，是吧？」還有一個瘦削的德國男人冷酷無情地詳細記下你的思想錯誤。你的父母也在，他們為了你的三心二意和不知謹慎而傷心；再加上威廉・巴洛茲（William Burroughs）[3]，他正因發現你的膽量和文思跟一株盆景不相上下而打瞌睡或開槍濫射，諸如此類。還有一群狗，可別忘了狗，若你膽敢**停筆**，圍欄裡的狗便會一邊咆哮狂吠，一邊衝出圍欄。對我們當中的某些人來說，「不停地寫」是鎖住圍欄大門、讓那些餓狗無法跑出來的門栓。

清除這些噪音至少佔了我每天奮戰的一半，但已經比過去好得多；以前會佔掉百分之八十七。若不去壓制，我的腦子會把大部分時間花在跟那些不在場的人對話。我面對他們為自己辯護，或跟他們交換機智的應答，或合理化我的行為，或用八卦誘惑他們，或假裝我正在上他們主持的脫口秀或任何演出。我超速、闖黃燈、沒在停止標誌前暫停，十億分之一秒後我正對著想像中的警察解釋我究竟為何那麼做，或堅稱我並沒有真的那麼做。

我偶然和多年前看過的一名催眠師提起這件事，他非常和善地望著我。一開始，我以為他正一邊摸索地板上的無聲警鈴，好找人把我架出去。但接著他教了我以下的練習，我至今依然在用。

3　1914～1997，美國「垮掉的一代」代表人物之一，曾失手射殺自己的妻子。其著作包括《裸體午餐》（*Naked lunch*）等。

閉上雙眼，靜下心一分鐘，直到腦中此起彼落的說話聲開始響起。接著分離出其中一個聲音，將那個人想像成老鼠。抓住牠的尾巴提起來，扔進一個廣口玻璃罐。然後再分離出另一個聲音，抓住牠的尾巴提起來，扔進罐子，依此類推。把所有花費驚人的嬰兒監聽器扔進去，把所有包商、律師、同事、小孩，任何在你腦中發牢騷的聲音扔進去。然後蓋上蓋子，看著所有老鼠人在玻璃罐壁爬來爬去，吱吱喳喳，企圖讓你感覺很糟，因為你不遂他們的願——不給他們更多錢，不會變得更成功，不想更常看到他們。接著想像罐子上有一個控制音量的鈕，將它轉到最大聲，持續一分鐘，聆聽那一連串憤怒、被你拋棄，並要你產生罪惡的聲音。再將音量轉到最小，看著那些氣瘋了的老鼠在罐裡跳來跳去，企圖抓到你。然後放下罐子，回去寫拙劣的初稿。

我的一位作家朋友建議不妨打開罐子，開槍將他們所有人的腦袋轟掉。不過我認為他有點暴怒；我相信你不會落到那樣的地步。

Chapter 4

完美主義

Perfectionism

「完美主義」是你和拙劣初稿間的主要障礙。
如果你不開始試著克服你的完美主義傾向，
寫作便不可能持續太久，因為完美主義會把你逼瘋。
若你想寫，就去寫，持續地寫，
最後，你會發現漫無條理和雜亂是有價值的。

完美主義是壓制者的代言人，是公敵。它會逼瘋你、束縛你一輩子，而且它是你和拙劣初稿間的主要障礙。我認為完美主義建立的基礎，是一味相信只要自己的步伐夠小心，穩穩踏在每個墊腳石上，就不會摔死。但實情是你終究難逃一死，很多完全不看路的人甚至還比你做得好太多，也從中獲得許多樂趣。

此外，完美主義會毀了你的寫作過程，阻斷創造力、文字趣味，以及生命力（加州容許我們使用這些詞彙）。完美主義指的是拚命嘗試不要留下那麼多需要清理的混亂，但雜亂無章能讓我們看到萬物是如何過活的。雜亂是奇妙的沃土

——你可以從那些土堆挖出新的寶藏，將它們清理乾淨，去蕪存菁修改整理，加以掌握。整潔意味著某樣物品已經如它應具備的一樣好了。整潔令我想摒住呼吸，不要動，但寫作正需要呼吸和活動。

完美主義會讓寫作失去生命力，漫無章法才是藝術家的真正朋友！

我在二十一歲時開刀切除了扁桃腺。我屬於那種三天兩頭就會感染鏈球菌咽喉炎的人，最後醫生判定我應該把扁桃腺切除。接下來的整個星期，我只要一吞嚥便痛得受不了，幾乎連張嘴用吸管都沒辦法。即使醫生為我開了止痛藥，但等藥用完了，疼痛還是沒有消減。於是我請護士進來，告訴她，她真的得幫我再去拿另一份止痛藥，可能還必須加上幾顆混合鎮定劑，因為我覺得有點煩躁不安。但她不願意。我說我要跟她的上司談談，她告訴我她的上司正在用午餐，何況我最該買的是**口香糖**，而且要用力嚼——我一聽，嚇得立刻用手護住喉嚨。她解釋，當身體有了傷口，周遭的肌肉會緊縮，以免再有異物侵入及感染，若我想讓這些肌肉回復原本放鬆的狀態，就必須吃口香糖。最後我的好朋友潘美（Pammy）出去幫我買了一些口香糖，於是我懷著極大的抗拒和懷疑開始咀嚼。第一下痛得讓我覺得喉嚨內部像被撕開似的，但幾分鐘後所有疼痛便永遠消退了。

我認為這個原理跟我們精神上的肌肉類似。這些肌肉緊縮在傷口周圍，包括童年時的創傷，成人期的失望和失落，在這兩個時期遭受的屈辱，會令我們避免在同一位置再度受傷，並抗拒外來物，所以那些傷口永遠沒有機會痊癒。完美主義正是我們縮緊肌肉的一種方式。在某些狀況下，我們根本對傷口的存在和周遭肌肉的緊縮一無所覺，但兩者都會束縛我們，導致我們在緊繃和憂慮下活動和寫作，導致我們跟生活保持距離或避得遠遠的，導致我們不願以直接貼近的方式體驗生活。**我們該如何突破完美主義的限制，繼續向前？**

若你有信仰，做起來會容易得多，但如果沒有，也並非不可能做到。若你有信仰，那麼你的神或上帝也許有辦法稍微減低你的完美主義傾向。不過，上帝最惱人的特點之一，就是祂從不會像《綠野仙蹤》裡的好女巫葛琳達（Glinda the Good）般，爽快地用魔杖點你一下便實現你的願望，彷彿這樣做祂就會少塊肉。但祂能給予你勇氣或精力去寫出大量不忍卒睹的初稿，幫助你領悟到可藉此寫出優秀的第二份草稿，並看出漫無條理和不完美的雜亂是有其價值的。

然而，若你心中的上帝是一個緊張兮兮又主觀的完美主義者，像某人，或者在這個例子裡，像我。一位牧師朋友就曾勸我別將祂想成兒時心目中的標準上帝，會愛你、引導你，當你做錯事便會懲罰你，如同身穿灰西裝的高中校長，即使從不記得你的名字，卻總是一臉不悅地翻閱你的檔案。若這正是你心目中的上帝，或許你應該用某個不那麼頑固、對你來說較和悅有趣的人物形象稍加中和。例如搖滾歌手大衛拜恩（David Byrne）還不錯，電視喜劇演員葛瑞西艾倫（Gracie Allen）也可以，兒童節目主持人羅傑斯先生（Mr. Rogers）會頗有效。

若你沒有信仰，珍寧羅絲（Geneen Roth）的一句名言或許會有幫助：學會陪伴自己就是自我覺醒（that awareness is learning to keep yourself company）。**你不妨試著當一個比較體貼的友伴，把自己當成某個你喜愛並願意鼓勵你的人。**我想你應該不會在閱讀好朋友的頭幾篇嘔心瀝血之作時，當著他或她的面翻白眼或竊笑，也不會裝出一副快吐出來的模樣。我想你可能會說一些包括「寫得不錯」之類的話，例如：我們可以稍後再想辦法解決其中的幾個問題，但目前不妨全力以赴吧！

無論如何，最重要的是若你想寫，就去寫，但如果你不開始試著克服你的完美主義傾向，寫作便不可能持續太久。當你準備好動筆寫一篇故事，就盡可能坦誠地敘述，因為有股動力召喚你去做。這種召喚就像卡通片裡從一塊擺在窗台上待涼的派冒出的熱氣，化為一隻招人前來的手，滑進屋子門縫，鑽進老鼠洞，或跑進熟睡在安樂椅上的男人或女子的鼻孔裡。接著香噴噴的熱氣勾了勾它的手指，老鼠、男人或女子便伸長了鼻子起身跟隨。但過了幾天後，香味變淡了，你得設法追尋，到處嗅聞。即使在如此情況下，你也可能發現鍥而不捨的感覺有多棒。第二天，你或許覺得香味似乎又變濃了，或只是因為你正逐漸養成默默堅持的習慣。這是無價的。反過來說，完美主義只會把你逼瘋。

你每天持續的努力，或許得到的是一堆漫無章法的文字。就算如此也無妨。馮內果（Kurt Vonnegut）[1]曾說：「當我寫作時，感覺自己就像個無手無腳的人，嘴裡咬著一枝蠟筆。」所以不妨放手去寫，即使寫出來的東西零散雜亂又犯不少嚴重的錯誤，還把紙張全用完，也沒關係。完美主義是理想主義的僵化版，而雜亂是藝術家真正的朋友。人們多少會遺忘（我相信是無意的）自己小時候的一件事，換句話說，我們需要靠製造髒亂來發現自己是誰，以及我們為何存在——還有，擴大來說，發現我們該寫什麼。

1 1922～2007，美國作家，有當代幽默諷刺大師之稱，著作包括《第五號屠宰場》（*Slaughterhouse-Five*）、《貓的搖籃》（*Cat's Cradle*）等。

Chapter 5

學校午餐是靈感枯竭的救星！

School Lunches

每次有學生打電話來哭訴自己寫不出來，
我就會要他回想學校午餐的所有細節，
每個學生都能從中想到多得令人驚訝的題材，
包括你的性格、你的家庭，和你成長時期的某些趣事。
你只需要抽出某個段落，加以運用、塑造、刪改、強調，
就是形成一篇文章的極佳素材。

我準備傾囊相授關於寫作的一切，但我也要告訴你我所知道跟學校午餐有關的一切，部分是因為兩者帶給人的渴望動力和焦慮很類似。

我認為藉由書寫學校午餐的情景，可以看出寫短文以及拙劣的初稿如何引出大量清晰的回憶、題材，以及隱伏其中的奇特人物。因此，每當有學生打電話來抱怨、哭訴自己連一個字也寫不出來，我便會要他或她談談學校午餐的詳情，不論他比我就學時早二十年或晚十年、在南加州或紐約的教會學校或私立學校，結果總是跟我在北加州以中產階級學生為主的公立學校類似。但也有一

些重要的相異之處，這點甚至更有意思，因為在探究兩者的差別時，能看出了彼此的相似之處，因而使我們感到大為寬慰。基於某種奇怪的理由，我的學生只要開始滔滔不絕地對我講述學校午餐的情景，等他們掛上電話，就會感覺有勁得多，狀況也比較好。

糟糕的〈學校午餐〉初稿，幫助我想出一個小說角色

某次，我在課堂上要求學生在半小時內寫出一篇關於學校午餐的描述，我也跟他們一起坐下來寫：

我所理解的公立學校午餐，有一個重點：它看似不過是一群小孩在吃午餐，但其實等於在所有人面前揭露隱私，跟寫作一樣。午餐是七、八年級體育課後淋浴的前身；每個人都能在淋浴時看到你擁有的一切或你缺少的一切，聞到你的體味，而這整段時間，你只知道自己將會發現某些事。你的午餐內容透露出你和你的家庭是否過得好。某些人袋子裡的午餐還不錯，有些則否。它具備密碼和一套正當且為人所接受的規則。午餐就是這麼簡單。

在短短半小時內，我和班上的部分學生就已經想到太多題材，多到令我們驚訝得不知從何著手。於是我們決定，暫且略過我們父母留在裝午餐的牛皮紙袋上的字跡——包括那紙袋有多像土耳其刺客會用的，還有它透露了哪些跟我們有關的私事。我們不寫紙袋，而先從午餐的食物著手，從三明治寫起。那正是我們要用文字填滿的一英寸框框。

三明治是午餐的主角，而且遵循一套嚴格的準則。商店販賣的白麵包是唯一合格的，無庸置疑，沒有例外。若你的母親專程為你的三明治烘焙麵包，那麼你只希望沒人注意到。你當然不會到處吹噓，更不會把她也做了肉凍的事拿出來到處講。你的父母夾進兩片麵包間的只有少少幾種料，波隆那臘腸還可以，薩拉米臘腸也行，若他們清楚果膠和果醬的差別為何的話，還會夾上花生醬和果膠。

目前為止，葡萄果膠最棒，軟滑黏稠，甜得撫慰人心。草莓果醬次之，其他的就不一定了，例如覆盆子——

你現在看到了吧？我在課堂上寫到一半，偏偏就是想不起來覆盆子果醬究竟怎麼樣，令我不知如何是好。於是那天晚上回到家，我便打電話給一位朋友，他也是作家，非常成功，而且可能是我所認識的人當中最神經質的。我問他，還記得上小學時總覺得午餐有葡萄果醬最棒，草莓果醬還可以，覆盆子果醬則不怎麼樣嗎？可以告訴我你對這些食物的回憶嗎？我的朋友以一種懶洋洋、漫不經心的語調隨性地說，覆盆子果醬的問題可多了，每一口都有太多料，感覺好像裡面有許多小小的豆莢寶寶。這是一種**盜屍者**果醬。

接著他提起杏桃果醬，甚至比覆盆子還糟糕。我三十年來倒沒想到這點，但此時清晰得可怕的記憶全回來了。杏桃果醬看起來太像黏膠，或膠水。可以確定的是，若午餐是父親幫你準備的，你肯定會吃到杏桃果醬。做父親的都喜歡杏桃果醬；我不知道為什麼，但我相信安娜．佛洛依德（Anna Freud）[1]應該有興趣針對這點做田野調查。

那天晚上，我坐下來繼續寫道：

回頭想想，大體上，如果午餐是由父親準備，通常下場都很慘。當年那些父親都很健忘，他們做起三明治，簡直不像在美國出生長大的人。比如說，一個標準的波隆那臘腸三明治，是指兩片麵包，中間夾一片或兩片波隆那臘腸，塗上芥末醬，再加一片還沒完全解凍的枯黃萵苣。（天主教徒很愛用美乃滋，也許我們以後會習慣。）父親總是一開始就用了不合規定的麵包，還抹上奶油，把三明治搞得

1　1895～1982，心理學家，首創用精神分析法研究兒童發展。她的父親為著名的奧地利心理學家佛洛依德。

幾乎像一般可以拿出去賣的肉餡羊肚。所有夾餡總是會從他做的三明治裡掉出來，我不確定為什麼。而且，三明治只能使用未完全解凍的單片枯黃萵苣才標準，他們卻會用任何邊緣有皺摺的綠色生菜代替萵苣。要是你的朋友看到一大片蘿蔓生菜隨著一片波隆那臘腸掉出來，你很快便會發現大家把你跟那個靠在圍欄邊的小孩歸為同類。

靠在圍欄邊的總是那個小孩。為什麼我們其他人會覺得理所當然，但其實並非如此？如果那是個男孩，他腳邊可能放著一個喇叭盒，腳上穿著磨損到令人覺得奇怪的鞋子，因為他總是避開熙攘的人行道，選擇穿過雜草叢生的空地，引得野狗直對他狂吠。他最後沒到等校車的地方，只因為他的午餐怪得可怕，卻又拿它沒辦法。

我幾乎可以肯定他最後會成為一位作家。

現在，誰知道這裡面有沒有可用的題材？你無法分辨，直到你把一切寫出來，最後可能只會用上其中一段句子、一個角色或一個主題。但你還是全寫出來；**就只是寫**。

我有次聽《心靈寫作：創造你的異想世界》（*Writing down the Bones*）一書作者娜妲莉・高柏（Natalie Goldberg）談寫作。有人請她針對寫作提出她所認為最好的建議。她拿起黃色書寫簿，假裝手上握著筆在簿子上快速寫著。我覺得這很像一個禪宗典故——徒眾在山上準備聆聽佛陀說法，但佛陀什麼話也沒說，只是拈起一朵花。至於我，我是一個好基督徒，也希望能從耶穌說過的義理中找出對寫作具啟發性又有力的語句，加以引用。但實際上，當學生請我提出個人認為最有用的建議，我總是拿起一張紙，假裝在上面快速寫著。學生們常覺得我這樣的表達很有智慧又具禪意，但我常常忘了將功勞歸給娜妲莉・高柏。

「但要針對什麼來寫？」接下來他們問道。

針對紅蘿蔔棒。我這樣告訴他們：

標準的紅蘿蔔棒必須看起來像機器切的，整齊劃一，沒有一根比三明治長。你的父母有時會載你去學校，遞給你一包裹著油紙、像給發瘋的兔子吃的不等長紅蘿蔔棒，它們將得到的評價會低到你根本不敢冒險看靠著圍欄的那傢伙一眼。這些紅蘿蔔棒是糟糕透頂的護身符。若你膽敢瞥他一眼，同學心中便會出現一座清清楚楚的默契拱橋連結你和他，有如彩虹，永遠把你們倆連在一起。

接下來是三明治包裝的問題：油紙以及後來的保鮮膜。午餐是否合格非常重要，當你的內心、家庭生活，以及周遭的一切都如此混亂和痛苦，令你深切期盼生命中有件事是沒問題、或至少看起來沒問題時，你便會很在意自己的三明治是否看起來像是笨蛋包的。一份標準的午餐透露出你家裡有人很留意這件事，即使你心裡明知你爸媽連左右都分不清。所以午餐有點像鋪床，一切都要整整齊齊，三明治就應該包得稜角分明。對吧？

好，結束。現在我擁有這個題材，可從中挑選適合的部分，加以運用、塑造、刪改、強調，或提出來討論。（你建議選擇最後一項，人真好。）這是我個人關於學校午餐的版本。你的或許不同，但我會有興趣聽聽。（可別誤會。我並不是建議你將它寄給我。但我敢說它揭露了關於你、你的家庭和你成長時期的某些趣事。）

我在這裡引用的是糟糕的初稿，而那個靠著圍籬的男孩就像突然冒出來似的——我在寫的時候也不曉得自己還記得他。對我來說，他是從這個練習中獲得的最重要一點。也許明天，當我坐在桌前撰寫小說，他將會化身為一個我在乎的人，一個我想與他共事、想了解的人，一個會透露重要訊息或唯一能帶我到某個地方的人。

Chapter 6

拍立得

Polaroids

完成文章的經過，就像是拍立得的顯像過程。
你永遠無法一開始就知道照片和文章的真正模樣，
一切都從一個吸引你的影像開始，
接著背景才緩緩浮現，
要等到最後，你才會明白文章將寫成什麼樣子。

撰寫初稿跟拍立得照片的顯像過程很類似。在照片顯像完畢前，你不會（事實上，你也無法）知道照片真正的模樣。

剛開始，你只是對準吸引你的景物按下快門。比方說，在第五章，引起我注意的是袋子裡的午餐。但隨著照片顯像，我發現照片中有那個靠著圍籬的男孩非常清晰的身影。或者，**你的**拍立得可能原本要照靠在圍籬邊的那個男孩，直到最後一分鐘，你才注意到站在他身後幾英尺的一家人。也許那是他的家人，或他班上一名同學的家人，但至少照片將那些人包括進去了。接著，影像從一片暗沉灰綠中慢慢浮現，變得愈來愈清晰，最後你看見一對夫妻抱著嬰孩，身邊站著兩個小孩。起初感覺似乎很溫馨，但隨後陰影開始顯現：一群狒狒齜牙咧嘴，正上演惡鬥場面。接著你看見照片左下角有鮮紅色的花叢。你當初根本不曉得自己把它照進去了，而這些花勾起一個令你感動莫名的時刻或回憶。最後，隨著照片顯影完畢，你開始注意到這些人周遭的所有背景，並開始明瞭背景是如何定義我們、安撫我們，讓我們看出自己重視和需要的是什麼，以及我們認為自己是誰。

你無法一開始就清楚知道這張照片真正的模樣，只知道那些人具有某些強烈吸引你的特點，因此你將注意力放在這上頭，直到看出那究竟是什麼。

特殊奧運會報導的顯像過程

——我從腦袋一片空白，到成功找出報導主題的寫作歷程

不妨看看以下這張拍立得的顯像過程：

六、七年前，有人請我寫一篇特殊奧運的文章。我曾觀賞本地的比賽多

年，部分是因為我的幾個朋友會參賽，況且我也很喜歡觀賞運動賽事和選手，無論是特殊比賽或其他。那次我抱著極大的興致前往，但對於文章完成後會是什麼樣貌，一點概念也沒有。

特殊奧運賽事通常進行的極為緩慢，跟報導普利克內斯賽馬會（Preakness）[1]差別很大。但它依然有令人緊張興奮的時刻，於是我整個上午也跟著加油歡呼、做筆記。午餐前的最後一項田徑比賽是二十五碼賽跑，選手是多名殘障跑者和步行者，其中不少人似乎完全搞不清楚狀況。他們擠在一起，搖搖晃晃地前進，其中一名選手如蝸牛般緩慢地朝看台跑，還有一名選手朝場邊的頒獎台跑去，兩人隨後都被領回跑道。比賽彷彿要持續一輩子，而中午已近，我們都飢腸轆轆。不過，所有人最終都通過終點線，坐在看台上的我們也全站起來準備離開——就在那時，我們注意到離起跑線四、五碼遠的跑道上，還有另一位選手。

她是一名年約十六的少女，在她傷殘的瘦削軀體上，有張跟常人無異的臉龐。她拄著金屬拐杖，一小步一小步慢慢向前進。她先將一根拐杖往前移兩、三英寸，再移動一條腿，接著將另一根拐杖向前移兩、三英寸，再移動另一條腿。這實在很折磨人，而且我快餓死了。隨著她以每次兩三英寸的距離持續前

1　美國三大賽馬錦標賽之一，每年五月在馬里蘭州的巴爾的摩舉行。

進，我不禁一邊在內心呼喊，加油，快點，快點，一邊焦急地搓額頭。感覺上似乎過了四小時之久，她才通過終點線。看得出來她真的很高興——以一種羞澀、小女孩般的方式表現出來。

當我離開露天看台，要去吃午餐時，有個身材高大、缺了門牙的非裔美籍男子跟我一起走下台階。他拉拉我的運動衫袖子，於是我抬頭看他，他遞給我一張某人那天為他和他朋友照的拍立得照片，「看看我們，」他說。他說話很慢又口齒不清，有如變形的黑膠唱片，很難聽得懂。他照片中的另兩名朋友是唐氏症病友：三個人看起來都對自己的表現無比雀躍。我稱讚了那張照片，並遞還給他。他停下來，我也跟著停步。他指著照片中的自己。「那，」他說，「是一個很酷的人。」

一篇文章就從這張照片開始成形，雖然我在那時沒辦法告訴你們那篇文章最後究竟會寫成什麼樣子。我只知道有某樣東西開始浮現。

午餐後，我信步走到大禮堂，結果那裡正在進行男子籃球賽。那位缺了門牙的非裔美籍男子是比賽中的風雲人物。看得出來他的確是，因為即使還沒人投籃得分，他的隊友幾乎總是把球傳給他，甚至**另一隊**的人也常把球傳給他。

雖然雙方都沒有得分，但所有人都以慢動作的速度滿場跑，如雷般大聲地運球。我從沒觀賞過這麼吵的比賽，但一切都奇妙極了。我想像自己如何在文章中描述這場比賽，以及之後該如何講給學生聽，包括如雷的聲響和洋溢的歡樂等。我在腦海中不斷重溫那個拄著拐杖的女孩在跑道上慢慢前進到終點線的情景——突然間，我的文章開始從一片灰綠暗沉中浮現出來。我可以看出這篇文章是關於不幸如何在多年後演變成喜悅，關於毫無保留的努力之美。我可看出它幾乎跟那個很酷的男子及他兩名朋友的合照一樣清晰。

禮堂的看台坐滿了觀眾。幾分鐘後，在顯示板上的分數依然掛零的情況下，那名高大的黑人從後場慢慢運球到前場，然後將球拋出，球進了籃框。觀眾歡聲雷動，但兩隊的選手只是睜大眼睛望著籃框，彷彿它剛著火燒起來似的。

你們會喜歡的；我告訴學生們，你們會感覺自己彷彿可以連寫一整天。

Chapter 7 角色 Character

不要塑造完美的故事角色，
你應該讓角色犯錯，並陷入困境，
因為完美意味著膚淺、虛假，和極端乏味，
會讓我寧願盯著肉凍，等它凝固。
一句符合角色性格的對白，
會比三頁的平鋪直述透露更多引人入勝的細節。

讓自己喜愛的角色遭逢厄運，否則故事難以爲繼

你對你所創造之角色的了解，也會像拍立得顯影般逐漸清晰：了解他們需要點時間。有次，一位朋友告訴我一個概念，幫助我開始了解我的小說角色。她說，我們每個人一出生，內心就有塊只屬於自己的地，你擁有一塊，你討人厭的菲爾叔叔有一塊，我有一塊，尼克森總統的女兒翠西亞（Tricia Nixon）有一塊，每個人都有一塊。只要不會傷害任何人，你就能隨心所欲地運用這塊地。你可以種花，種果樹，或按照菜名的字母順序種植一排排蔬菜，或者什麼也不

種。就算你想讓自己的地看起來像車庫大拍賣的場地或廢車場也無妨。你的土地周遭有圍欄和大門，若有人不斷到你的土地上製造髒亂，或試圖要你去做他們自認為正確的事，你大可叫他們離開。他們必須走，因為那是你的地。

同樣的，你筆下每一個角色的內心也有一塊地，他們各自以不同的方式照料或放任不管。在開始去了解他們時，你會想知道每個角色的地是什麼模樣？他們種植什麼？他們的地是什麼形狀？這些資訊未必會從你寫的篇章段落裡自己跳出來，重點是你必須盡可能了解你筆下每個角色的內心世界。

你也會自問，這些角色站立時的姿勢，他們的口袋和皮包裡有什麼，他們在思考時、感到無聊時、恐懼時的表情變化及舉止。他們上次投票給誰？我們為什麼該注意他們？如果他們發現自己只有六個月可活，會停止去做的第一件事是什麼？他們是否又會開始吸菸？他們是否仍保持用牙線的習慣？

你會愛上自己筆下的某些角色，因為他們正是你本身或你的某一面，基於同樣原因，你也會討厭某些角色。但無論理由為何，你很可能必須讓自己喜愛的某些角色遭逢厄運，否則故事就難以為繼。好人會遇到壞事，因為每個作為都有其後果，而且沒有人的言行時時刻刻都完美無瑕。**一旦你開始過度保護自**

己創造出來的角色，讓他們從不犯錯，你的故事就會變得像真實生活般平淡乏味。不妨盡可能去了解你創造的角色，讓某個危機發生，然後順其自然。

我在酗酒者家庭互助會的朋友曾告訴我一個故事。一名酗酒男子經常半夜醉倒在他家屋前的草坪上，他那心力交瘁的妻子總是趕在天亮前設法把他拖進屋以免鄰居看到。直到某天一位來自南方的黑人老太太在一場聚會結束後走到她面前說：「親愛的？**放手吧**，就把他留在原地。」而我也正慢慢、慢慢地在寫作時——在日常生活中甚至更緩慢——學著這麼做。

一句精準呈現角色性格的對話，遠勝好幾頁的平鋪直敘

我認識的一個人有次對我說：「證據俱在，而你就是判決。」這句話正適用於你筆下的所有角色。證據將會齊備，而他們每一個人都會是他或她本身的判決。但你起初可能不知道這個判決是什麼，也不清楚他們的本質，只知道他們的外表。別擔心，更多訊息將會隨時間慢慢顯現。與此同時，你能看到故事角色的外貌嗎？他們給人的第一印象為何？每一個角色在這世上最在意、最想要的是什麼？他們的祕密是什麼？他們舉手投足以及身上的味道又是如何？每

個角色的出現，都像是展示他或她是誰的廣告——所以，這個人究竟是誰？你必須設法展示在我們面前。無論你筆下的角色說了什麼、做了什麼，都源自於他們是什麼樣的人，因此你必須開始盡可能了解每一個角色，做法是進入自己的內心深處，觀看你性格的不同面向。你也許會發現一個騙子，一個孤兒，一名護士，一位國王，一名扒手，一位傳道士，一個失敗者，一個小孩，一個醜老太婆。深入研究每個角色，試著捕捉他們的感覺、想法、言詞和生存之道。

另一個跟著故事角色熟悉自我的方法，是在塑造人物時，根據你認識的某個人，一個存在於現實生活的原型或綜合體——例如你的艾德加叔叔（Uncle Edgar），但混合了十分鐘前你在郵局排隊時偷偷觀察的那傢伙身上的怪味和神經質的抽搐。不妨在你的腦中細看這些角色，然後描繪出來。不過，一頁接著一頁的平鋪直述，很可能會令人厭倦。所以，請試試看你能否聽見他們說些什麼，還有他們說話的方式。**一句有真實感的對話所透露出來的人物特質，能勝過好幾頁敘述。**

你的故事角色們在幾杯黃湯下肚的前後，跟最親近的朋友訴說個人目前狀況的方式，會有什麼不同？不妨在這些人描述他們自認是什麼樣的人、最近生活過得如何時，逐字記錄下來。以下是小說家安德列・杜布斯（Andre Dubus）作品中的一段，我經常在開始談角色時傳給學生看：

我喜愛短篇小說，因為我相信它呈現了我們生活的方式。短篇小說是朋友向我們傾吐的一切，包括他們的痛苦與歡樂，激情和憤怒，渴望以及對抗不公不義時的吶喊。我們會整晚坐在朋友身邊，聽他訴說婚姻的結束，而我們最後得到的是一連串關於激情、柔情、誤解、悲傷、金錢的故事，以及他婚後和妻子互相叫罵、冷戰或是做愛的那些歲月，和各個時期的經歷。在他的婚姻慢慢走向終點的同時，他依然如常工作，晚上和朋友小聚，還有撫養兒女，但那又是別的故事了。這也是為何我們在聆聽朋友訴說他一段痛苦經歷的幾天後，再見到他時會問：你好嗎？因為我們知道此刻他或許又有另一段故事可說，或者他正經歷某事，而我們希望那會是快樂的。

你也能將各個角色的生活想像成一個籃子，思考籃裡的一切：這個人的日常習慣和信仰為何——是什麼維持了他們靈魂的完整？還有你創造出來的角色會在日記中記錄哪些瑣事——例如我吃這個，我恨那個，我做這個，我帶狗出去蹓很久，我跟鄰居閒聊……諸如此類。這一切都會讓每個角色跟日常生活及其他人有所關聯，並使他們感到生命多少有其意義。

籃子是一個恰當的比喻，因為上面有很多小洞，而每個角色對於籃子其實非常脆弱這點究竟意識到多少？你筆下角色的生活是什麼樣貌？某次有人對我說，「我正在學習把握當下——不是上一個當下，也不是下一個當下，而是**現在這個**當下。」你的故事角色是活在哪個「當下」？

你的故事角色會拿什麼範例和教材教育兒女？舉例來說，我在山姆只有兩歲時，教他喊和平口號好一段時間。當時正值波斯灣戰爭，我有點忿忿不平。

「我們想要什麼？」我對山姆喊到。

「和平。」他乖乖回應。

「我們什麼時候要？」我問。

「現在！」他回答；我露出微笑給他點小獎勵。

當然，這些字眼對他來說毫無意義。我也許還教他回答「喲哎[1]！」替代「和平」，以及「八月」替代「現在」。我的朋友們覺得這挺棒的，山姆的三個祖父母也有同感。好，你能否告訴我，這件事對於我這個人以及我的渴望透露了多少訊息？**我想諸如此類的瑣事能告訴讀者的，會比三頁的平鋪直述還多**。這告訴我們我目前的政治立場以及不再支持的政治傳統、取悅他人的傾

1　Spoos，將 oops（哎喲）一字顛倒，加複數 s。

向、對和平及歸屬感的渴望，還有我會會利用幽默來化解怒氣和挫折感，並把兒子當活的腹語道具木偶。最後一點頗嚇人，但也有點辛酸。或許三十五年前，這名婦人也得在她父母的朋友面前表演，充當他們的腹語道具木偶。也許她會在之後的幾個月跟心理醫生談談這點。一旦這名婦人明白自己在做什麼，她是否會停止利用兒子？不，她沒有，而這點甚至告訴我們更多訊息。她仍繼續那樣做，即使戰爭已經結束很久。直到有天她大聲喊已經三歲半的兒子，問他，「嘿——我們要什麼？」他哀淒地回答，「午餐。」

塑造討喜的敘述者，是讓文章能引人入勝的關鍵！

我有次請伊森・坎寧（Ethan Canin）[2]告訴我，據他所知，最有價值的寫作觀念是什麼。他毫不猶豫地說：「**沒有什麼比一個能贏得人心的敘述者更重要。沒有什麼比這點更能將整個故事凝聚在一起。**」我想他是對的。若你的敘述者具備迷人的表達方式，那麼即使好一段時間沒什麼事發生也沒關係。我可以觀看演技派男星約翰・克里斯（John Cleese）[3]或安東尼・霍普金斯（Anthony Hopkins）洗一小時的盤子，不太需要其他情節。

2 1960～，美國小說家、編劇、教育工作者，著作包括短篇小說《天之驕子》（*The Palace Thief*）等。

3 1939～，英國喜劇演員暨編劇，曾為著名的「蒙地蟒蛇」（Monty Python）喜劇團的一員，演出作品包括「蒙地蟒蛇」系列喜劇片、《笨賊一籮筐》（A Fish Called Wanda）、《粉紅豹2：有惡豹》（Pink Panther 2）等。

擁有一個討喜的敘述者，就像擁有一個好朋友，你喜歡他的陪伴，樂於了解他的想法，他滔滔不絕的意見能完全抓住你的注意力，能逗你大笑，而且你總會想偷用他說過的話。當你有這樣的朋友，即使對方說，「嘿，我要開車去彭塔盧瑪鎮（Petaluma）的垃圾場，要一起來嗎？」你也會覺得世上沒有任何更吸引人的事。同樣的，若是個無趣或討人厭的傢伙請你吃昂貴的晚餐，餐後還要招待你看一場精采無比的表演，坦白講，你很可能寧願待在家中，盯著肉凍，等它凝固。

一個人犯的錯，是使他或她變得討喜的大部分原因。我希望文章的敘述者會是我想交往的朋友，也就是說，他們跟我一樣有許多類似的缺點。過度關注自我不見得是壞事，凡事愛拖延、自欺、邪惡、嫉妒、卑躬屈膝、貪婪、酗酒，或有毒癮也一樣。**角色不能太完美；完美意味著膚淺、虛假和極端乏味。我希望他們擁有不錯的病態幽默感，關心重要的事務。**就後者而言，我指的是對政治、心理，和靈性的議題有興趣。我希望他們想知道我們是誰，以及人的一生都是為何而活。我希望他們跟我一樣有類似的心理問題；比方說，某天一位朋友對我說：「我可以**痛恨海洋**，如果我嘗試的話。」我當下發現我喜歡腦中有這類怪念頭的人。

我希望文章的敘述者擁有希望——若一位朋友或一個敘述者在剛開始沒多久就表露絕望的態度，我便會失去興趣，感到喪氣，暴飲暴食。若一個人不抱希望，但他或她對這點表現出來的態度夠好笑，我就覺得沒關係。能夠有好笑的表現，絕對透露出某種希望和樂觀的存在。小說中應該存在希望；至少美國小說理應存在希望，法國小說則不一定非得如此。我們打贏了大部分戰爭，他們則否。不過他們的確比其他許多國家協助了更多猶太人逃出納粹的魔掌，這當然也是一種勝利。雖然我的朋友珍（Jane）指出，若當時你我在他們面前講出蹩腳至極的法語，他們絕對會毫不猶豫地把我們供出去——可別不信邪。不過大體而言，沒必要寫充滿絕望的小說。我們明知總有一天會死，但重要的是要能勇敢面對死亡。

然而，不見得每個人都那麼風趣或聰慧，但如果他們擁有清晰的洞察力，仍可以成為一個很棒的朋友或敘述者——尤其若他們願意為生存奮鬥，或正經歷如此過程的時候。這向來是個有意思的題材，因為我們每個人終究都要面對這項重任：有時我們像在攀爬著石壁，必須一手緊抓突出的石頭，一手抓著另一塊，每個腳趾也忙著摸索穩固的臨時踏腳處，所以沒有閒暇胡思亂想、喝香檳、交換機智的悄悄話。你不會在意遭逢如此處境的人表現得一點也不風趣，反而會很高興看到他們正在做一件你也必須有尊嚴地徹底執行的任務。挑戰和尊嚴能讓敘述者變得夠引人入勝。

和所有角色共處數個月後，你才會知道眞正的主角是誰

此外，認定什麼才稱得上有趣或引人入勝，是很主觀的。有時，某人拿一篇文章或一本書給我，跟我保證絕對精采，但我看沒幾頁便昏昏入睡，接著又猛一下驚醒——就像在看電影時睡著，突然驚醒的剎那還以為自己從飛機上掉下來。以下是我針對所謂「有趣」的最後一點陳述，摘自艾比凱兒湯瑪斯（Abigail Thomas）[4]的一篇短篇小說：

我媽對男人的首要評選標準，是他是否有趣。這點真正的意思是他要能懂得欣賞我媽，她的玩笑話主要是在文法上玩弄玄虛，或是跟高等數學實務經驗有關。這樣你該懂了吧。羅比（Robbie）的有趣程度，跟一雙康弗士（Converse）紅色半統布鞋差不多。但當羅比指指地上的床墊，微笑著慢慢解開他的皮帶，任由身上的牛仔褲滑落時，他說：「躺下。」

我覺得這個夠有趣。

4　美國作家、書籍編輯、書籍經紀人，著作有《現實人生》（*An Actual Life*）、《三狗生活》（*A Three Dog Life*）等。

還有另一件事：我們希望重要角色跟敘述者同樣可靠。我們希望相信這個角色並不是在耍詭計、忸怩作態或操縱人，而是在盡其所能，陳述真相。（除非忸怩作態、愛操縱人或說謊是他或她的一個重要特質。）我們都不希望被粗暴地操縱。當然，我們進入小說的虛構世界便等同受到操控，不過是以一種令人愉快的方式。我們都希望被按摩師按摩，而不是被地毯撢子抽打。

這點又引出一個議題，即身為寫作者的我們如何陳述真相？弔詭的是，寫作者一直都在追尋真相和說謊。憑空編造就是說謊，只是寫作者是打著挖掘真相的名義在編故事，然後盡心盡力地清楚表達出來。你所杜撰的角色，部分源自個人經歷，部分則是潛意識的無中生有，你必須全心全意地說出關於角色的確切真相，即使他們是編造的。我認為這麼做是出於為人處世基本的道德原則。我不想被唬弄；我希望你告訴我實情，而我也會對你這麼做。

最後還有一個提醒：等你跟你筆下的角色共處數星期或數個月後，才可能開始了解他們。弗雷德列克・布克納（Frederick Buechner）[5]曾寫道：

> 你會出於藝術目的，而不讓自己筆下的角色猶如跟著遊行鼓聲般，穩定規律

5　1926～，美國小說家暨牧師，著作有《說出真相》（*Telling the Truth*）、《說個恩典的祕密》（*Telling Secrets*）等。

地前進。你也會給予他們某種程度的自由，讓他們做自己。若次要角色的比重愈來愈接近主角，正如他們所擅長的一般，那麼你至少該給他們機會試試，因為在小說的虛構世界裡，你可能寫了許多頁，才發現真正的主角是哪些人，就像在現實生活中，你可能經過多年，才發現某次在火車站跟你聊了半小時的一個陌生人，可能比起你的牧師或你最好的朋友，甚至你的心理醫生，更清楚指點出何處才是你真正的家鄉。

別假裝自己比筆下的角色更了解他們，因為你並沒有。不妨放開心胸面對他。下午茶時間已到，每個洋娃娃也在桌前坐定了。你只要傾聽，就這麼簡單。

Chapter 8 情節

Plot

你應該先思考角色，而不是為情節操心，
因為情節是從角色身上發展出來的，
反過來強加在角色身上的情節，都會顯得空洞虛假。
而好的情節必須像夢境一樣，栩栩如生、不能中斷。

情節是指書或短篇小說的主線。若你們想找針對情節寫法的精采長篇論述，E．M．福斯特（E. M. Forster）[1]和約翰．蓋德納（John Gardner）[2]都寫過這類書籍。他們精闢透徹、充滿智慧的論點，令人拍案叫絕。我只想在這裡補充幾點，是我會在學生似乎特別苦惱和困惑時傳授給他們的觀念。

先了解角色再發展情節，千萬不要讓情節綁架角色

情節是從角色身上發展出來的，所以不妨將注意力放在你筆下的角色是什

1 1879～1970，二十世紀最偉大的英國小說家之一，著作包括《窗外有藍天》（*A Room with a View*）、《印度之旅》（*A Passage to India*）等。

2 1933～1982、美國小說家暨大學教授，著作包括《怪獸格蘭多》（*Grendel*）、《陽光對話》（*The Sunlight Dialogues*）等。

麼樣的人。若你持續描寫你所知的兩個人，並愈來愈了解他們，那麼最後必定會發展出情節。

角色不應該被已設定好的情節綁架。你反過來強加在角色身上的任何情節，都會顯得空洞虛假。所以我才說，別為情節操心，應該多加思考角色。讓他們的一言一行揭示他們的本質，參與他們的生活，並不斷自問，此刻發生了什麼事？角色之間的關係發展，將創造出情節。弗蘭納莉．歐康諾在《祕密與態度》（*Mystery and Manners*）一書中提到，她會將一疊初試創作的故事拿給住在街道另一頭的老太太看，老太太遞還給她時說：「這些故事只是讓你看到為何某些人就是會做某些事。」

情節與角色的關聯正是如此：什麼樣的人會義無反顧地起而行，即使所有的一切都告訴他們不可以，所有的一切都告訴他們應該安安靜靜坐在沙發上練習拉梅茲（Lamaze）呼吸法，或打電話給他們的心理醫生，或吃東西，直到做那件事的衝動過去。

所以，你應該把注意力放在角色身上。比如說，在福克納（William Faulkner）[3]的小說中發生的一切，都是源自於每個角色的天性，即使他們不見得是你想約會的對象，但他們深深吸引我們，因為我們相信他們真的存在，而且他們的所作所為與其為人相符。我們之所以欣賞福克納的作品，是因為他創造出來的可怕角色令人著迷，再加上文筆流暢優美；我們透過閱讀他的作品，得知從他的觀點所看到的人生。福克納經由自己筆下的人物呈現這點。你能給予我們的是從你的觀點看到的人生。你無法給我們潛水艇設計圖；畢竟人生不是潛水艇，也沒有設計圖。

你不妨思考每個角色在這世上最在意的是什麼，因為你將發現哪些人事物正受到威脅。接著，找出一種表達方式揭示這個危機，然後讓角色找到、緊緊把握、挺身保衛自己在意的人事物。然後，你可以讓角色們從順境到困境，再回到順境，或從困境到順境，或從失去到找回。重點是，**一定要有某個人事物面臨危機，否則故事便沒有張力，讀者也不會想繼續讀下去。**不妨想想冰上曲棍球員——場上得要有球可打，否則就會顯得很可笑。

我的做法是這樣的：我每天早上在書桌前坐下，將前一天寫的篇章重讀一遍，然後便盯著白紙或空氣浮想連篇。我思考故事裡的角色，做著跟他們有關的白日夢。於是，一部隱含各種起伏情緒的電影開始在我腦中播放，我出神地盯著電影畫面，直到一堆文字跳出來，形成句子。然後，我會乖乖將它寫在紙

3　1897～1962，美國小說家，1949 年諾貝爾文學獎得主，著作包括《聲音與憤怒》（*The Sound and The Fury*）、《寓言》（*A Fable*）等。

上，因為我是被指定的打字員，也是在小孩忙著挖掘時幫忙打燈的人。小孩在挖什麼？**一堆寶物**，其中包含細節、線索、景象、虛構的事物、新點子，以及對角色的直覺了解。我可以告訴你，那個提燈的人幾乎半數時間甚至根本不知道小孩在挖什麼——但等到她看見，會知道它們很珍貴。

好的情節必須像夢境一樣：栩栩如生、不能中斷

隨著你每天一次仔細聆聽、觀察自己筆下的角色做事、說話、相遇，故事情節也會跟著成形。你會看到這些人如何影響彼此的生活，他們為何能夠付諸行動，以及他們各自不同的結局。這個發掘故事演變的過程，通常不會是持續連貫的，而是一陣一陣的。別擔心，不妨繼續試著向前推展，反正到時候可以再整篇順過。約翰・蓋德納曾寫道，作者創造出一個夢境並邀請讀者進入其中，而夢境必須栩栩如生、沒有中斷。我要學生們把這句話寫下來——**夢境必須栩栩如生、沒有中斷**——因為這點非常重要。出了教室你不可能坐在讀者身邊解釋自己沒寫清楚的小事，或添加細節好讓人物角色的行為更有趣或更具說服力。情節必須靠其本身發揮作用，而夢境必須栩栩如生、沒有中斷。不妨回想晚上睡覺時做的夢，其中的景象流暢地一幕接著一幕，你不會轉動緊閉的雙

眼打岔說：「等一下——我從來沒有跟卡特總統夫人一起打毒品，也沒有養馬，更別提擁有好幾匹阿拉伯迷你馬了。」你大都任由景象一幕接著一幕，因為它是如此直接又吸引人。你只需要去發現接下來發生什麼事，而這正是你希望讀者感覺到的。

你也許會需要別人，某個朋友或你的另一半，幫你看看自己的作品。他或她能夠告訴你哪裡接不起來或是離題，或指出作品並沒有你想得那麼糟，而且前一百頁其實寫得不錯。**但無論如何，務必讓別人看看你的作品。一人身兼創造者和劊子手，未免太痛苦了。**再者，你可能無法看出問題所在，因為在你在發掘角色特質及他們的經歷並加以描述時，依靠的是感覺，而非視覺。所以不妨找個能提出冷靜客觀意見的人看看你的作品。我有位朋友名叫艾爾（Al），不時會送別人養的貓去獸醫院接受安樂死，因為牠們的主人無法忍受親自去做這件事。這些貓都因生重病或衰老失禁，令人不忍心眼睜睜看牠們受苦。但艾爾不在意貓咪的任何狀況。他一直幻想自己有家公司，業務是送貓咪去安樂死，公司標語是「即使貓咪也得付錢」。讓別人為你的稿子做這件事，幫助你刪除絕不可能起作用的情節轉折，無論你曾為它耗費多少精力或有多中意它。

如果我要三十個學生寫一篇故事，主角必須是一對夫妻，原本考慮離婚，後來發展出乎意料的轉折。最後學生會交給我三十篇截然不同的故事，因為每個人都有不同的個人經歷和感受。某個學生會寫出一篇跟頓悟有關的故事；那位妻子看見一群野雁在月光下飛過夜空，突然決定給她的丈夫第二次機會。另一個學生則寫那位丈夫在晨間慢跑時，第一次相信自己的婚姻值得挽回，當他朝回家的路一邊跑一邊想著要把這個好消息告訴妻子時，卻被新手駕駛的車撞倒。還有一名學生會把故事背景設定在好萊塢，因為他前一陣子正在讀納松尼爾威斯特（Nathanael West）[4]的小說，因此他的故事在怪異中透出華麗的光芒。每位寫作者對愛與生命的內涵，都會有他或她自己的描述，這些描述有的悲傷，有的憤世嫉俗，有的充滿希望，有的節奏緩慢而含蓄，有的則戲劇性十足。

情節必須「持續推向」高潮，絕對不可憑空捏造

戲劇性是抓住讀者注意力的一種方法。戲劇的基本公式是設定，發展，高潮——如同說笑話一般。設定是告訴我們背景是什麼。發展是在某個點開始行動，向前推進，並逐漸聚集所有要素。高潮則是問題的解答。你究竟為何將我們帶到此處？之前你不斷嘗試告訴我們的到底是什麼？**戲劇情節必須向前推進並向上發展，否則觀眾必定會感到如坐針氈，最後失去耐性，大失所望，忿忿**

4 1903~1940，美國小說家，著作包括《寂寞芳心小姐》（*Miss Lonelyhearts*）、《蝗蟲之日》（*The Day of the Locust*）等。

不平。所以，一定要有持續導向高潮的進展。

你必須推動故事角色往前進，即使他們的行動很緩慢。不妨想像你帶著他們穿過一個荷花池。若荷葉很美，不妨詳加描寫，這樣讀者會比較願意跟著你們一起往池塘另一端前進，同時只需要少許幫助他們融入的元素——例如節奏、氣氛或情緒。

你可能必須運用一些手法和特效來發展情節，幫助我們記得每個角色是什麼樣的人——給他一枝雪茄，給她一雙像酗酒者般布滿血絲的小眼睛——但若你是毫無根據捏造出來的，沒多久就會洩底。若你明知自己硬加了某個天外飛來一筆的元素，好讓情節進一步發展，例如，你只是為了讓情節發揮效果，而插入一個你根本不了解的角色，賦予他連你都無法信服的情感，你很可能逃不過讀者的眼睛。讀者會開始不信任你，甚至可能變得尖刻不滿。在讀者會產生的情緒中，這些可能是最糟糕的。你必須假設我們——即讀者，是聰明又專注的，即使近幾年稍有退步。所以若你想憑空編造，我們會逮到你的。

如果你明了自己已經這麼做了，就應該停筆，重新審視故事角色。你應該深入研究這些人，既然你不了解他們，便代表你必須深入研究自己。擁有這麼多特質和麻煩、卻又如此奇妙的你，將會弄清楚這些角色的真實樣貌，以及他們在某個已知狀況下會或不會做什麼。

我曾讀到一篇訪問美國作家卡洛琳．丘特（Carolyn Chute）的文章，其中一段非常精采。這位《緬因州的埃及豆》（*The Beans of Egypt, Maine*）一書作者在訪問中談到重寫：「我大部分時間對寫作過程的感覺，就像是我有二十盒左右的聖誕裝飾，但是沒有樹。你會問，那我要把裝飾掛在哪兒？然後他們說，好，你可以得到聖誕樹，但我們會先蒙上你的眼睛，而且你得用一根湯匙把樹砍下來。」

這正是我過去無數次創造出情節的方式。我擁有這些晶光閃亮的漂亮燈泡，但沒有可以掛它們的聖誕樹。於是我將心思全放在角色身上，關注他們，試著愈來愈了解他們，同時每天早上乖乖坐在書桌前，盡我所能努力寫作。奇妙的是，我不知怎地就會知道他們的經歷為何。我一次又一次感覺到自己筆下的角色明了他們是誰、會有什麼遭遇、去過哪裡，和將要去哪裡，以及他們有能力做什麼。但他們需要我幫他們寫下來，因為他們的字跡很難看。

如何創造令人驚訝但合情合理的高潮？

——讓角色發生重大轉變，以及短篇寫作公式「ＡＢＤＣＥ」

有些寫作者宣稱自己在動筆沒多久、離故事高潮還很遠的階段，便知道它是什麼。通常接近故事尾聲的高潮，是個將你演奏到目前為止的所有旋律化為一個主要和弦的重大事件，在此之後，你筆下的角色至少會有一個產生極大轉變。若沒有人轉變，你的故事重點何在？為了製造高潮，必須有人被殺害、被治癒，或支配一切。被殺害可以是真的被奪去生命，一樁謀殺也可以是精神上的扼殺，或喪失靈魂深處的某部分，或是解除內心有如死水的麻木，而使那個角色重新活了過來。治癒或許可以是癒合、改造，或某個受珍視的脆弱事物獲得拯救。但無論發生什麼，**高潮都必須讓我們感到那是無可避免的，即使可能令我們驚訝，卻仍覺得如此發展很合理：事情理所當然會走到這個地步，故事角色理所當然會陷入這樣的狀況。**

要讓讀者產生這種無可避免的感覺，你只能讓故事高潮隨著時間自己慢慢浮現在你面前。你或許自認知道這段高潮包含哪些內容——雖然寫作者以此認知為目標去寫，倒也合情合理——但我建議你不要太過局限於此。不妨將注意力集中在故事角色是什麼樣的人，以及他們對彼此的感受、他們會說的話、他們身上的氣味、他們害怕誰等等。讓你的故事角色跟隨著他們聽見的聲音走，讓聲音引領他們到該去的地方。之後，等你已經接近到足以窺見入口的距離，有如從小開口看見復活節彩蛋的內部彩繪裝飾般，你或許便會發現，角色們的內心想法，自始至終都比你所想賦予他們的還更機敏、更有意義。

所以朝目標前進，但不要過於局限，當你終於看到高潮在眼前成形，便可朝著它全力衝刺。

最後再加一點補充。我有次聽愛麗絲．亞當斯（Alice Adams）[5]以短篇小說為題的演講，她提到的一點令在場的寫作班學生深感鼓舞，從此我也將它傳授給學生。（大多數時間我都會記得提她的名字，將功勞歸於她。）她說，有時她會運用一套公式來寫短篇小說，**這套公式簡稱為ABDCE，即行動（Action）、背景（Background）、發展（Development）、高潮（Climax），以及結尾（Ending）**。你以具有強烈吸引力的人物行動為起頭，吸引我們融入故事，促使我們想知道更多。背景是讓我們看見並了解這些人物是誰，他們如何聚在一起，以及在開始有所進展前發生了什麼事。接著你進一步推演這些人物，好讓我們得知他們最在意的是什麼。而情節——戲劇性、行動張力——將會由此發展出來。你將他們向前推進，直到集合了所有要素的高潮，而在高潮過後，主角們則有所轉

5　1926～1999，美國小說家，著作包括《卡洛琳的女兒們》（Caroline's Daughters）、《近乎完美》（Almost Perfect）等。

變，跟之前不同了，呈現出某種實實在在的差異。接著則是結尾：我們如今對這些人物的感覺是什麼？他們經歷過什麼遭遇？對他們有何影響？以及那些遭遇代表什麼？

一套公式會是幫助你起頭的好辦法，而且，終於跳進水中的感覺很棒；也許你會有一陣子手忙腳亂地打水，但終究下水了。接著你開始依照自己記憶中的方法划動著，也感到害怕——這有多困難、不知還得游多遠——但你終究在水裡了，不只浮著，而且正在前進。

Chapter 9

對話

Dialogue

如果你想寫出深具魅力的對話，
你應該這樣度過每一天——
離開你的書桌去偷聽別人實際上如何聊天，
剪輯、變換這些對話，
然後學習將五分鐘的言談濃縮成一個句子，
同時保留原意原味！

缺乏流動感和節奏感的對話，會立刻毀掉一部作品

在閱讀時看到精采的對話，是一種樂趣，這段對話全然改變了故事節奏、暫時打斷了平鋪直述。故事角色突然開口說話，不僅能一下子攪住我們的注意力，我們也從中得到偷窺的樂趣，因為故事角色並不知道我們正在聽。透過對話，我們感覺自己正偷偷參與他們圈子裡的活動，而不是一直聆聽他們的思緒。我不希望角色始終只在紙上獨自思考不說話，因為總是只有我一個人東想西想，卻沒有人把他帶有妄想和強迫症病徵的想法倒給我，已經夠乏味了。

另一方面，**沒有什麼比糟糕的對話更能破壞整篇作品的氣氛**。當我的學生在課堂上朗讀自己寫的一篇故事，前面都很棒，接著卻出現一大段矯揉造作的對話，聽起來像二流演員早期演的爛片裡的台詞。突然間，整篇故事的氣氛蕩然無存，完全缺乏共鳴。我可以看見學生臉上露出訝異的表情，因為那段對話在紙上看似乎沒什麼問題，但此刻聽起來卻彷彿從他們的母語印度語直譯過來的，而且翻譯得很糟。這個問題出在寫作者只是照自己的想像逐字記錄，一旦他們將對話大聲唸出來，便會發現對話缺乏一般人在現實生活中說話時的流動感，以及把語句串聯起來的節奏感。

如果是非小說文類，你寫下的必須是一個人確實說過的話；小說則沒有如此限制。對話關乎於聽覺，就像要搜尋具象的確實細節，大都靠視覺。對話不是要重現一段真實的演說，而是轉譯一個角色講話時注入字句中的語調和節奏。你要將你對角色們說話方式的理解寫出來。

聆聽實際存在的人以及你的故事角色說話，並寫下你聽到的內容，是種實用的技巧。故事角色的言談應該或必須比真人開口說出來的話更有趣、更扼要，甚至更真實。小說對話比較像在電影裡，而非在真實生活中，因為它必須更有戲劇性，更具律動感。比起電影出現前的年代，就說在海明威的年代之前吧，小說中的對話比現在深奧華美得多，那時人物角色的說話方式，是處於今日的我們所無法想像的。到了海明威的小說出現後，對話開始精簡，精采的對話變得犀利直接。**只要處理得當，對話便能以令你屏息的方式推動情節。**

寫出引人入勝對話的三個訣竅
——大聲唸出來、精心設計說話特色、琢磨不可說出口的對話

在坐下來寫對話時，我有幾個訣竅可以幫助你。首先，聽聽你寫下來的對話，也就是你要大聲說出來。如果你無法做到，默念也無妨。你必須不斷練習，一次又一次反覆去做。然後在你外出、離開你的書桌時，去聽聽別人聊天，你將會發現自己開始剪輯這些對話，變換它們，在腦中觀想若將它們寫在紙上看起來如何。**不妨聽聽別人實際上如何說話，然後慢慢學習將某人五分鐘的言談濃縮成一個句子，同時依然保留原意原味。**若你是寫作者或想成為一個寫作者，這正是你度過每一天的方式——聆聽、觀察、將收穫儲存起來，讓自己的置身事外有所回報。將你吸收到的、偷聽到的一切帶回家，然後將它們化為寶物（或至少嘗試這麼做）。

其次，別忘了你必須能夠透過每個角色的言談，辨認出他或她是誰。各個角色的說話方式和特色應該跟其他角色不同。他們不能全都像你自己；每個角色都必須擁有自我。若你能賦予各角色相符的說話方式和特色，便能由此得知他們的衣著和所開的車，也許還有他們在想什麼、父母教養他們的方式，以及他們內心的感受。你必須任由自己去聆聽**他們**正在說什麼，而不只是你自己在說什麼。至少給所有角色一個表達的機會，有時他們正在說的話和他們使用的說話方式，最後會讓你發現他們其實是什麼樣的人，以及實際上正發生什麼事。哇——他們倆絕對不會結婚！因為她是同性戀！而你一點也不知道！

第三，你或許會想把兩個互看不順眼的人放在一起，而這兩個人彼此厭惡到寧可整天關在家裡，也不願冒著出門可能碰到對方的危險。這世上的確有一些人讓我差點想加入政府的證人保護計畫，以確保我絕不會再跟他們有所接觸。或許你的生活中也有這類人存在。不妨挑出一個角色，而你的故事主角之一正好對他或她有這種感覺，然後將兩人放在同一部電梯裡再讓電梯卡住。沒有什麼比超級緊繃的氣氛更一觸即發了。現在他們兩人都有很多話想說，但又怕自己無法控制想說出口的話。他們擔心會爆發衝突。可能會也可能不會發生；但也無從得知。無論如何，精采的對話能給予我們偷聽的感覺，但作者不會出面阻止。然而，**精采的對話也包含了說出口以及未說出口的**。沒有說出口的話，會耐心地坐在那部卡住電梯的門外等待，或者會在電梯內如老鼠般繞著那兩個人的腳邊跑。所以，不妨讓這兩個人克制自己的一些思緒，同時也讓他們引爆些小炸彈。

若你夠幸運，故事角色可能會在你撰寫對話時，對你無法完全跟上他們要說的話而感到不耐煩。此時你就會知道自己做對了。

做足功課，徹底認識角色才能寫出正確的對話

對話能呈現角色的特質，所以你必須設法找出與他們相符的表達方式。但你並不希望坐在桌前，拼命嘗試把正確的字眼塞進角色的口中。我不認為正確的字眼早已存在於你和故事人物的腦中，它們應該在別的地方。我們腦中擁有的是自己會聽到和記得的片段、想法和事物，而我們將手伸進這個小寶囊，掏出一些東西，我們的潛意識便隨之啟動了。例如，你的故事裡出現一個男孩在街上走著。天氣很冷，而你一直想擁有一件皮外套，於是你給了他一件。接著，你跟他在街上漫步。不妨描述你所看到的，並仔細聆聽。

不妨假設這個男孩遇到一個女孩。身穿皮外套的男孩在街上遇見一個拎著古馳（Gucci）皮包、有著性感厚唇的漂亮女孩，他不能直接就說「嘿，我們結婚吧！」必須有事情發生。他們必須互相認識，即使很粗淺。他們會交談，也會談到他們本身和各自的朋友。將這一切寫下來。等跟他們相處了一陣子，他們講起話來便會比較像他們自己——因為你對他們愈來愈熟悉——此時，你也許會看出，最好將那件皮外套刪除，太流氣了，而且還得回頭重寫之前的對話。但先別停下來，繼續往前進；讓他們出去約會，讓他們的進展停滯一下。稍後再回頭重寫。

你越了解自己筆下的人物，就愈能從他們的角度看事情。你必須相信自己能透過聆聽人們說話、觀察他們、留意他們的衣著和一舉一動、理解他們的說話方式當中，做到這點。你會不計代價地避免故事角色落入前人作品的窠臼。**你應該從真實存在的人身上學習關於人的一切，而不是透過文章或書籍。**你讀過的東西應該只是幫助自己確認你已在這世上觀察到的一切。

隨著你對故事角色的了解加深，你會對他們產生感情。你不應該單單只對某個重要角色有如此感覺，即使對惡棍也應同等看待——事實上，特別是惡棍。人生不是非黑即白；就算惡棍也有人性的一面，英雄也有大缺點。不妨留意每個角色所講的話，如此便能了解他們的內在特質。

只有在漫畫和制式電影中，我們才能感受壞到骨子裡的惡棍被消滅的快感，因為在這些作品中，他們已經被系統化的抹滅人性。他們只做壞事，說惡毒的話，然後他們照例會被消滅。到了結尾處，寬慰感也隨著正義的伸張油然而生。

你不能憑著自己對英雄或惡棍在認知上的了解來描寫他們，卻又期待我們會為之著迷。你很可能必須從存在於自己腦中的人當中搜尋這些角色。比方說以電影為例，如果安東尼霍普金斯在演出電影《沉默的羔羊》（The Silence of the Lambs）前，對漢尼拔・萊克特（Hannibal Lector）[1]的情緒和心理沒有深入的了解，那麼他在片中的言行舉止便無法表現得如此可怕或有說服力。當他在電影中首度出場，他只是垂著雙手、面無表情地站在那裡，就足以令人膽寒。我感到內心強烈的不安快要決堤，雙腳也彷彿產生自己的意志，打算先我一步逃到外面大廳。要達到如此效果，霍普金斯事先必定對萊克特內在的某部分有所同情，對他的心理也有相當的理解。

1 《沉默的羔羊》裡的殺人魔，原為心理醫生。

寫作者必須以這種方式去嘗試了解他或她筆下的角色。當恐懼和低落的自尊說你絕對辦不到時，唯一的解決之道便是透過每天一點一滴的努力，來逐漸消除這種感覺。**你真的可以辦到，真的可以找到你心中的這些人物，並學會傾聽他們要說的話。**

例如，就說你有一個主角吧，只要有人對他講話很直接就會受傷——跟你大不相同，哈哈。但這個人在某種程度上也有一點點像你，每當他稍感緊張或沮喪，便會找一堆油膩的高熱量食物大吃一頓，以尋求慰藉。所以，他可能也有點超重——我並不是說你超重，我相信你的體重沒什麼問題。無論如何，不妨設定他是一個坐辦公室的職員，向來被照顧得很好——我們可以從他說的哪些話知道這點？且先讓我們好好打扮這個人，因為待會可能得羞辱他。例如，從他的領帶每天都由他太太打得整整齊齊，可看出一些端倪。而他的衣服、戒指和皮鞋也會透露訊息，幫助我們發現他是什麼樣的人。但更重要的是，他將會對他的祕書、同事和打電話給他的人說些什麼，還有這些人會回他什麼，而我們想聽聽雙方的對話。

假使他的上司對他說了一些看似無關痛癢的話，但卻剛好踩到他的痛處，他會如何？如果這次他以完全不同的方式應對，而非丟下工作、一走了之，他又會如何？他開始講出跟你所設想完全無關的話，但奇怪的是它們聽起來又很真實，會如何？假使他說出羞辱上司的話，可能會砸了自己的飯碗，之後他卻沒有跑去大吃大喝，而是整個中餐時間都泡在情趣商店裡，又會如何？嗯，可能你打從一開始就誤解了。也許只要兩行對話，就會發現他其實是一個長春藤學校出身的律師，而非高不成、低不就的地毯推銷員。這或許令你感到不便，但至少你可以知道自己真正在寫的是什麼樣的人。

現在，我想聽聽他如何跟妻子描述他一天的經過，他提到什麼、他如何描述，以及他刻意保留了什麼。所以，隨著你在腦中搜尋這個一開口便屈居下風、臉皮有點薄又容易受傷的人，你也同時試著捕捉他會說的話。接著你寫下拙劣的初稿，並大聲唸出來，然後保留那些聽起來可信的語句，將其他的拿掉。

我希望會有一種比較簡單又不痛苦的方式，一條捷徑。**但大多數優秀寫作的本質正是如此；隨著寫作過程，你會發現一切，之後再回頭重寫。**不妨記住沒人會讀到你的初稿。

連結你的潛意識，才能塑造出有靈魂的角色

我必須再離題一下：你創造出這些角色，並慢慢弄清楚他們的一言一行，但這些活動全部都發生在你內心那塊無法觸及的部分——潛意識。那裡是創造過程進行和完成的地方。我們從自己腦中儲存的角色開始著手，而潛意識則為我們供應有血有肉、真實可信的人物。我的朋友卡本特（Carpenter）將潛意識比做一個地窖，有個負責創造人物的小男孩坐在裡面，透過地窖門將角色遞給你。或許，他也剪紙娃娃。他很安靜，自得其樂。

你無法強迫自己接受小男孩提供的一切，也買不到打開地窖門的鑰匙。你必須放鬆，任自己浮想連篇，擺脫批評，還要坐在桌前進入某種出神狀態。接下來，你必須練習。我的意思是，**你不能只是坐在桌前流口水發呆，而必須動手寫字或打字**。你也許會有一陣子寫得不好，但還是要持續寫下去。別忘記，在某種程度上，你只是打字員，而一個好的打字員懂得傾聽。

我有時想像，在地窖裡的不是小男孩，而是一個頸子細長、個性和善，類似蘇斯博士（Dr. Seuss）[2]的人，極度專注，同時也自得其樂。他朝角色們閒聊的方向伸長了脖子，但不像個法庭書記官，而比較像獨自坐在鄰桌的某人，雖

2　1904～1991，美國最受歡迎的兒童文學作家之一，著作包括《戴帽子的貓》（*The Cat in the Hat*）、《火腿加綠蛋》（*Green Eggs and Ham*）等。美國教育協會將蘇斯博士的生日（3月2日），定為「全美誦讀日」，也稱「蘇斯誦讀日」。

然試著不偷聽，但仍想聽到全部。你或許也會想為你的潛意識，這個和你一起工作但和理性、意識分離的部分想像出一個情景或比喻，如此或許能讓你感覺沒那麼孤單。

最後再補充一點：**在對話中使用方言或特定行話，讀起來會很累**。如果你有本事運用得巧妙傳神，倒也無妨。若其他寫作者讀到你的作品，並為了你使用方言或特定行話而破口大罵，也毋須在意，儘管去做。但最好確定你真的運用得當，否則閱讀以方言或特定行話書寫的短篇故事或小說，是很費勁的事，我們會讀到脖痠頸疼。正如你所知，我們通常都處於神經緊繃的狀態，本身已經有一大堆麻煩了，不需你再為我們多添一樁。（不過，上星期我在超市排隊結帳時，外面正風雨大作，某個排在我後面的婦人拍了一下她的額頭說：「喔，vat vader，」並指了指外面的大雨。我當下忍不住想在回去後花整天的時間寫一篇以她為主角的小說——用方言。）

Chapter 10

場景設計

Set Design

每個場景都是一個展示身價和個性的小型陳列櫃。
我在設計場景時，會徵詢各式各樣的人，
了解場景的氣氛、溫度、顏色、擺設細節，
或許還會問聲音、味道，和光線，
你問得愈詳細，寫得就愈好！

想寫出栩栩如生的故事場景，直接尋求專業人士的協助就對了！

有時，你在為故事角色們的出場設計舞台場景時會發現，任由他們擠在舞台側翼，準備自己的戲碼，自由發想即興對話，是很有用的。不妨想像自己是個場景設計師，正為你寫的故事電影版或劇場版設計場景。這樣或許可以幫助你思考情節發生時所在的房間（或者是船上、辦公室、草地等）是什麼模樣，你也會想知道場景的氣氛、溫度，以及顏色。就如同每個人都像展示他或她是誰的廣告般，每個房間也是一個展示擁有者身價和個性的小型陳列櫃。每個房間都與回憶有關，它們透露了各種層面的訊息，包括我們的過去和現在、我們是誰、我們的怪癖和罩門、我們的盼望與悲傷，以及我們為了證明自己的存在和日子過得還不錯的種種嘗試。你可以看到我們偏好的房間明暗程度——打開多少盞燈、點亮幾根蠟燭、有多少日照——從房間的明暗程度，也可看出我們如何試著讓自己感到舒適。房間裡混雜的各種擺設和景象是如此動人：凌亂的物品和牆上的裂縫，暗示著我們生命中嚴峻或心痛的處境，而照片和幾件稀有的裝飾品，則呈現我們感到驕傲和光采的時刻。

就如同美國攝影師凱瑟琳・華格納（Catherine Wagner）所言，這些房間是未來的廢墟。

於是，你坐在桌前，嘗試想像你的故事角色稍後將進入的場景樣貌，或許他們很有錢，而你沒有——當然，你並不會為此感到苦澀。你也許需要打電話找某個非常富裕的朋友或親戚，盡可能有技巧地請他們幫助你設計一棟老富紳居住的宅邸場景。說到有技巧，我是指你應設法取得最合適且詳盡的訊息，同時避免跟他們提到人生有多不公平，還有你家的屋況隨著時間過去，看起來跟《小墓地》（*God's Little Acre*）[1] 書中的描述愈來愈相似，而且你得送狗去安樂死，

1　美國作家厄斯金・考德威爾（Erskine Caldwell，1903 ～ 1987）於 1933 年出版的著作。

因為你養不起牠。你只要說：「我正在為自己的小說寫一段情節，是關於我們第一次拜訪某個家世顯赫的豪門，不知道是否可以請你就你所知，提供一點相關訊息，像是他們家可能會用的地毯、掛毯、燈具，和古董擺設是什麼。比如說，就從客廳開始吧。能否請你盡可能詳細描述一個真的很舒適華麗的客廳是什麼模樣？」接著你可以問問你的朋友，他所記得的那個客廳和廚房聞起來有什麼味道，光線明暗，還有各個房間傳出什麼聲響，或悄然無聲時的感覺如何。或者同樣的，你也可以詢問某個出身貧困的人，請對方詳盡描述他或她家的屋況、廚房、臥房，和後院長椅的模樣。

幾年前，我正在寫一本小說，內容跟一名以園藝為業，也真的熱愛花草的女子有關。我個人並不喜歡園藝，但我樂於欣賞別人的成果，也喜歡剪花。我家前院鋪的是尼龍草坪，露出泥土的部分則插著能以假亂真的塑膠花叢，看起來還頗賞心悅目，常令我想起e．e．康明斯（e. e. cummings）[2]的詩。

以前常有人送我盆栽，但它們的下場悽慘到實在不適合在這裡詳述。那些盆栽到最後看起來就像一直被我噴灑橙劑（Agent Orange）[3]似的。我跟所有人講過我很不會照顧盆栽，但他們認定我只是從沒遇到適合的植物，而他們正是那個解救我，並促使上帝恢復我天生敏銳觀察力及其他一切的人，因此他們會送

2　1894～1962，美國詩人、劇作家、畫家，以其風格奇特的詩作聞名，他主張人名不應大寫，因為人是渺小的。

3　越戰期間美軍大量噴灑在越南的一種化學除草劑。

我一株非常好種的小盆栽，我則會真的乖乖澆水，定時拿進拿出，好讓它避開或接受日照，完全依照掛在它上頭的小簡介去做適合它的事，甚至還帶著它繞屋散個小步。但不到一個月，你幾乎可以聽到葉綠素逐漸崩潰的聲音，活像是電影《毒海鴛鴦》（Panic in Needle Park）[4]裡的情節。接著你會看到它彷彿握著自己細細的喉嚨，瞪大眼睛看著你，一邊喘氣，一邊控訴著——我的意思是誰需要它啊？相信我，我已經有夠多麻煩了。

我其實讓那株可怕的盆栽維持了幾個月的壽命。我甚至不知道它是什麼植物，不過在它還沒有逐漸枯萎前，大約有三英尺高，而且翠綠得有點假。我為它澆水，剪掉枯萎的葉子，而它是怎麼回報我的？當它變得有如臨死前幾天的霍華．休斯（Howard Hughes）[5]時，它的重量減輕了，而且足不出戶。我開始相信它應該很快便會開口要一盒乳膠手套及一盒面紙，以便用來拿取每一口食物。我給它水、陽光、昂貴的肥料——它還要我做什麼？難道幫它請一位心理醫生？最後我終於清醒了。我把它拿到屋外，放在屋旁的角落處來個眼不見為淨。你或許認為它很快便會回復生機，但它沒有。它死掉了。

因此，當我要為我的小說主角設計花園的場景時，不用說，我當然無法從自己過去的種花經驗中挖出有用的材料。但不知怎地，我就是知道這位主角擅

4　1971 年推出的電影，由艾爾．帕西諾主演，主角是在「針頭空地」（Needle Park）出沒的海洛因毒蟲，與一名無家可歸的女子產生戀情，女子沒多久也染上毒癮，兩人的生活每下愈況，最後導致一連串的背叛。

5　1905 ～ 1976，美國航空業大亨，據說他有毒癮，還患有強迫症，碰任何東西前都會先墊一條紙巾。

長園藝，我也無法向你解釋為什麼。不過我向來喜歡觀看花園裡的人群，喜歡獨自坐在花園裡冥想，也喜歡所有關於花園的隱喻。

花園是用來形容人生的兩個重要隱喻之一，另一個當然是河流。隱喻是很棒的修辭工具，它根據已知的事物來解釋未知。但只有當寫作者的內心對它產生共鳴才能達到效果。我覺得有點使不上力，因為即使我喜歡花園這個隱喻，也想運用它，但我不喜歡園藝。

我不知該如何著手，但我很確定花園並非一開始就是隱喻；它最初指的是伊甸園。至於現代，花園則與人生、美，以及萬物生命的無常有關。花園的隱喻涉及養兒育女、為族人提供食物。這種行為部分是源自於迫切渴望劃定地盤的衝動，或許可追溯到動物儲存食物的本能。花園是種展現競爭力的機制，就像擁有得獎公牛，以及追求最好的番茄和英國茶玫瑰；它關乎得勝，關乎有辦法提供群體最上等的貨色，關乎證明自己有品味、眼光好、工作又勤奮。在花園裡，一切都可能是敵人，例如蚜蟲、天氣、時節等，而不時弄清楚敵人是誰，會令人大鬆一口氣。所以，你為花園投入所有心力，細心照料，近距離目睹許多的萌芽、成長、美的展現、危機和勝利——但之後一切終將死亡，對吧？即使如此，你依然持續耕耘。多棒的隱喻！我太喜歡了！我好想把一座花園寫進我的書！最後，最後，我想到該打電話去一家苗圃。

我找到一位非常和善的男子。我向他解釋自己正在寫書，問他能否幫我為一個家住加拿大北灣（North Bay），擁有大後院的人設計一座想像中的花園。

我們決定先從夏天的花園景致開始著手，接下來他會幫我思考隨其他天候和季節轉換的花園景致。

「妳希望花園裡有果樹嗎？」他問。

接下來的半小時，我們設計了一座種滿各種花和樹的園子。我告訴他，我在自己腦中看到花園某處有一座白色的格子棚架，並問他可以搭配哪種藤蔓。他建議糖莢豌豆。接下來我們又加入一些蔬菜，還有一塊長滿野草莓的地。就這樣，我擁有了自己的花園。後來我養成了每隔幾個月便打電話跟他報到的習慣。「蘋果樹在這個時節是什麼模樣？」我會問。「樹上還會有果實，甚至葉子嗎？這個季節該如何照料花園？」

我也開始參觀別人的花園，詢問他們這株或那株植物的名字以及照料方法，若他們說出好笑或機智的話，我也會偷偷拿來用。我買了一本園藝書，研讀花、藤蔓植物的相關知識。說真的，讀過我的小說的人會相信我熱愛園藝。有時他真的會開始跟我討論園藝，認為我們可以切磋交流，就如園藝家慣常做的一般。直到我告訴他們，我只是紙上談兵，都多虧我得到周遭人們的許多幫助，就如我在日常生活中所獲得的一般，當中包括那些比我知道太多園藝知識的人，以及會掩護我的朋友。

「妳不喜歡園藝？」他們難以置信地問。而我搖搖頭沒提我喜歡剪花，因為聽起來頗粗暴頹廢，就像名畫家達利（Salvador Dali）[6]被問到他最愛的動物是什麼，他的回答竟然是比目魚排。

這些年來，我曾徵詢過各式各樣的人幫助我設計場景。我會請他們描述某些特定的美國城市或非洲村落的景致，下雨時坐在一輛特殊的轎車裡的感覺，或是在季節工人依然坐火車來鎮上的年代，乘船順河流而下是何種情景。接著我嘗試想像這一段電影場景，愈詳細愈好。有時，我只要閉上眼睛，便能清楚看到那幕景致，其他時間我則像隻貓般盯著空氣。

6　1904～1989，西班牙超現實主義畫家。

Chapter 11

不要害怕寫出錯誤的開頭

False Starts

如果你發現你的故事開頭錯得離譜，
不要氣餒，這仍然是一份很好的寫作，
因為它能帶你找到正確的書寫方向，
並且看見自己對於某些人事物本質上的誤解。

錯得離譜的文章開頭，能帶你找到故事的眞實本質

我之前曾談到畫家在畫布一角嘗試描繪某個景象，卻不斷發現他畫出來的跟腦中所想的不同，於是每次都用白色顏料塗掉，而這反覆重來的過程，將會引導他發現自己想畫的是什麼。我的寫作過程同樣如此，我可能自以為了解某個特定角色是什麼樣的人，或一篇散文該如何鋪陳，因此我依照腦中這個朦朧的草圖嘗試寫出來，結果卻發現我錯了，我誤解了那個角色。她身上掛著我當初為她寫的廣告牌，上面表示她搞不清楚自己究竟是什麼樣的人。於是我將廣告牌塗掉，再試一遍。

當我開始每月一次，陪我所屬教會的教友拜訪安養院，並帶領老人們做敬拜聚會時，我領悟到錯誤的開頭有多重要。在令人心情暗沉的第一次拜訪後，我以為自己知道住在那裡的是誰、他們有能力做什麼，以及他們是什麼樣的人。如果當時我開始動筆，應該會信心滿滿地撰寫他們的故事，但我會錯得很離譜。

我至今已持續拜訪那裡四年了。我對此事並不真的滿懷期待，但每次還是會去，我也不明白為什麼。可能我潛意識地希望這樣做說不定哪天就能加入青年團。每當我走進安養院，聞到那些老人散發的氣味，看見他們坐著的輪椅有如棄置路旁的車輛般停在走道上，我便開始祈求上帝別讓我老了以後跟他們一樣。但上帝可不是一個快餐廚師，能讓你想要什麼就有什麼，況且那些老人也曾有過青春歲月，我敢說他們也祈求過上帝別讓他們年老時變成現在這樣。

乍看之下，他們當中許多人似乎相像得出奇，就像特殊奧運的許多參賽者，都有近似一家人的外表。接著，你開始注意到有些人穿著小羊皮護腿或蓋著毛毯，有些人修過指甲，有些人的牙齒還很全，有些人身上有瘡，有些人沒有，有些人看得出來年輕時應該很漂亮，有些人則否，有些人似乎知道自己身在何處，有些人還記得主禱文裡的詞句，有些人正在打瞌睡，還有一些人嘗試跟著唱簡單的讚美詩並隨著節奏打拍子。但即使他們打著拍子，也打得各自不同。有些人的拍子打得軟弱無力，幾乎沒有聲音。有名婦人打得極為投入，彷彿在為波爾卡舞曲伴奏。有位老公公只拍一下，彷彿在打蒼蠅。我最喜歡的是一位跟我同樣名叫安（Anne）的婦人；第一次見到她時，我認定她只是一個頭腦不清、身上有股尿液和痱子粉味的枯槁婦人，思緒空洞，心如死水。然而，她其實並非如我當初所想的那樣，至今，我依然不了解她是什麼樣的人，但我知道她不是哪種人。

她從不記得我的名字，當我每個月再跟她重複一遍，她便會做出拍額頭的動作，然後我們倆都笑了。我懷疑她其實是在跟我鬧著玩。每當我們唱到「阿們」時，坐在椅子上的她總會將雙手放在膝上，手掌合成杯狀，彷彿裡面有隻小鳥。她會隨著每個節拍將手掌稍微分開一點點，彷彿想跟著打拍子，卻又不想讓掌心裡的鳥兒飛出來。

如果我在最初的幾次拜訪後，就撰寫她和其他老人的故事，他們的氣味和困惑的神情會充斥在我的描述中。我會寫下我們之間怪異的談話——某個婦人遊說我們一起去上學，另一個婦人則問我山姆是不是一條狗——我會試圖捕捉內心感受到的荒涼衰敗。然而，我只是繼續前往拜訪，並努力找出他們如此淒涼地活著的意義。最後，中世紀僧侶勞倫斯教士（Brother Lawrence）所描述的一個景象幫了我。他將眾人看成冬天裡的樹，能付出、貢獻的東西很少，而且葉子落光了，失去色澤和光采，也停止生長，但**不知為何**，上帝依然賜予無條件的愛。我的牧師朋友瑪格麗特（Margaret）參與安養工作，她跟我分享了這個小故事，並希望我將老人看成冬天裡的樹，即使就傳統觀點來說，他們似乎已沒有能力為社會做出任何貢獻，但還是應該得到無條件的愛。

當你描寫你的故事角色，我們會想知道他們枝葉的模樣、色澤，以及成長的種種經歷。但我們也想了解，當他們舊有的表面剝除後，顯露出來的是什麼樣的內在。所以，**若你想更了解你筆下的角色，就必須跟他們處得夠久，才能看出他們其實不是什麼樣的人**。你或許會試著要他們去做某件事，只因為這樣對情節走向而言比較簡便，或者你可能想歸類他們，好讓自己保有掌握控制權的幻象。但他們的觸角終將僥倖地從你把他們塞進去的框框內溜出來，最終你還是得承認他們的本質並非你原來認定的那樣。

最能直接教導我們這點的，是那些正步向生命終點的人。通常定義他們的那些特徵都凋零、衰退了——例如頭髮、身材、技能，以及聰明才智，結果你會發現外表的包裝並非那個人一直以來的本色。當外表的包裝消失，另一種美便會顯露出來。例如我的朋友潘美（Pammy），她在過世的十天前外出購物散心，發現自己竟無法在支票上好好簽下自己的名字，於是她轉頭對我說：「如果你連簽個支票都辦不到，活著還有什麼意義？」我只能聳聳肩，搖搖頭。但結果潘美的內在本質其實無關於她的雙手能做什麼。她是什麼樣的人，跟她的肢體功能一點關係也沒有。

在她過世週年，我去她以前接受治療的放射線醫療中心的紀念公園，發現有人種了一棵紫杉紀念她。那棵紫杉比我還高，毛茸茸的，像是愛德華．科恩（Edward Koren）[1]插畫中的角色。它看起來彷彿會突然向前擁抱我。紫杉附近長了高高的花叢，可能是某種罌粟花，但幾乎所有花瓣都掉光了，只剩下許多糾纏著往上長的花莖。接著我發現花莖上其實結了果，等到春天，裡面的種子將會成長，並再度綻放花朵。

這正是現實人生的寫照，我們的日常生活、安養院裡，甚至臨死前的床上，都是如此，而這也是好的寫作有時會引領我們留意到的。只要你從忙碌中抽離，便能看到存在於外表下的本質，並產生令人驚喜的聯繫。

1 美國插畫家，作品常見於《紐約客》（*New Yorker*）雜誌。

Chapter 12

情節論述

Plot Treatments

我最成功的小說被退稿過兩次，
直到我按照編輯的指示，
為每個章節寫出一份情節論述，
我才建立了正確的故事結構和敘事邏輯，
成功讓小說宛如一個栩栩如生、沒有中斷的夢。

所有作家在構思作品時，都毫無把握、惴惴不安

我的學生認為，備受尊崇的作家在撰寫作品時，都很清楚自己要寫什麼，因為他們早已想好大部分情節，所以他們完成的書會如此出色，他們的生活會如此輕鬆愉快，他們的自我評價會如此高，他們單純的信念和好奇心會如此絲毫未減。嗯，我完全不認識任何符合這般描述的人。我認識的每個人在尋思適當的情節與結構時，總是煩躁不安、叨叨抱怨、愈來愈沒勁。歡迎你的加入。

另一方面，在還沒想出通篇情節的同時，你可能會發現眼前出現一個臨時

目標，也許是你認為可做為高潮的某個片段。於是，你朝這個方向去寫，但當你寫到、或快寫到時卻發現，基於你一路寫下來對故事角色的所有了解，這個片段已不適用了。它之前可能為你帶來信心，相信自己只要仰賴這個臨時目標，持續努力寫下去，就能完成一部作品，但它現在看起來不再有說服力，因此也無法寫完。

我在寫第二本小說時，便遇到如此狀況。我為小說角色想到一個強而有力的片段，它所呈現的景象促使我繼續寫下去。但等到具有高潮力道的那一幕登場，卻一切都不對勁了。於是我沉溺幾天，靜待角色們在我腦中現身，告訴我他們的台詞和意圖。漸漸的，我感覺到自己知道該怎麼寫結局，如何讓首尾連貫。到那時為止，我已經花了整整兩年的時間寫這本書，接下來我便一疊一疊地將書稿寄給維京（Viking）出版社的編輯。

我的編輯一路讀下來都還滿喜歡書裡的角色，也很喜歡它的氛圍和我的文筆。但在一口氣讀完第二份草稿後，他回信給我，一開頭就寫道，「這或許是我所寫過最艱難的信。」正在郵局內的我頓時眼冒金星，彷彿有人重重敲了我的頭，整個房間也跟著旋轉。編輯繼續寫道，雖然他很喜歡書中的角色和他們的言談，但我其實像是安排了場精美的饗宴，卻一直沒邀讀者坐下來享用，因此讀者感到又飢又渴。換句話說，這本書有如一棟少了地基和梁柱的房子，不僅正在崩塌，也不可能補強。我應該將它束之高閣，重新構思另一本小說。

但問題是，我已經把預付稿費花掉大半了。

我在郵局陷入極度的沮喪和恐懼，而且接下來的一個多星期依然如此。羞辱感搞得我狂躁不安，同時又為自己的未來擔心害怕。於是，我打電話給一個欣賞我的文筆並一直鼓勵我的人，她要我給那本書一點空間、一點陽光，以及新鮮空氣，並且一個月不去碰它。她告訴我一切都會沒問題，雖然她不確定所謂沒問題會是怎麼回事。

於是我動身前往埋葬自己的地方，在彭塔盧瑪河畔（Petaluma River）租了一棟老舊的大房子。那裡非常安靜，富有田園氣息。沒人認識我，也幾乎沒人知道我的行蹤。從窗子望出去，可看見散佈在草原上的母牛、牧草，和乾草堆。我待了幾星期舔拭自己的傷口，等待自信恢復。我試著不要針對如何拯救那本書或我的寫作生涯做任何重大決定，因為我能確定一件事，就是若你想逗上帝笑，不妨把你的計畫告訴祂。

最後，我發覺自己已準備好把那本書再讀一遍。我一口氣讀完，而且非常喜歡。我認為它很棒。它當然是一團糟，不過是很棒的一團糟。

我打電話告訴編輯，我現在明了自己在做什麼了，我會證明給他看。他真心感到高興。

我租的那棟房子有一個很久沒使用的客廳。一天早上，我拿著我那三百頁的稿子，把它們一章一章地攤在地上。我將一份共兩頁的段落擺在這裡，一份共十頁的段落放在那裡，把一疊疊稿子從開頭到結尾排成一直線，有如排成一行的骨牌，或一條用磚瓦鋪成的花園小徑。最前面的幾個段落顯然應該屬於中間部分，最後五十頁的幾個段落若擺到接近開頭處會很棒，其間還有一些零散的段落和場景可以蒐集起來，重寫成書中兩位主角的絕佳介紹。我在小徑上來回踱步，將一疊疊紙搬來搬去，把較完備的段落用迴紋針夾起來，潦草寫下附注，提醒自己該如何盡可能修改、縮減，或擴增它們。我注意到何處有疏漏——少了轉折語，或理應交代清楚，好讓後續發展合理的關鍵資訊——接著，我在一張白紙上擬出需要補充的東西，再將它插入相符的那疊稿子中。這張紙保留了空白，也許是留給一整段場景，就像一位好朋友在你遭受重大損失後，為你保留了悲傷或尋找方向的空間。我還在幾個不同的段落匆匆寫下筆記，以注明此處其實該有危機發生，應放手讓我之前一路呵護的那些角色遇到麻煩。我發現在何處可以對他們施加更大的壓力，逼迫他們，增加他們的負擔，使他們的困境顯得難以避免。我也構思了困境的內容。接著，在確認之後，我將整部書稿依照新的順序收拾好，準備動筆寫第三份草稿。

我用撰寫一篇接著一篇短文的方式寫這份草稿，盡我所能將每一個章節處理好，無論它有多小或看起來有多瑣碎。我拿掉我偏愛的幾個段落，當初我只因為自己喜歡它的寫法，和其中刻畫的景象或幽默，而硬塞進書內。我埋頭工作了八、九個月，終於將第三份草稿的第一部分寄出。我的編輯對它大為驚豔。接著是第二部分，他非常喜愛。在跟一名交往一陣子的男人鬧分手的那段日子，我完成了第三部分。當時我靈機一動，決定在寄出小說的第三部分後，借錢買機票飛到紐約，在那裡待一星期，跟我的編輯共同修潤書稿，同時遠離我想甩掉的那個男人。再者，我還能跟維京出版社拿他們欠我的最後三分之一預付稿費，在紐約市逛街買點東西，抒解壓力。

於是我寫信給我的編輯，通知他我要過去，他沒說不行。我叫那個跟我交往的男子把他的東西搬出我的屋子。我還跟我的姨媽借了一百美元，並跟她保證我會在月底還清，然後便飛往紐約。

抵達當地後的第一個早晨，我穿上小洋裝和高跟鞋，去見我的編輯。我猜想我們當天早上便會一起著手修潤書稿，然後他會付我最後一份預付稿費。我會證明自己已經從先前令人崩潰的重挫中站起來，而真相與美再度贏得勝利。所有人若知道這部書稿差點被扔進垃圾桶，一定會大為震驚。但我的編輯只對我說：「很抱歉。」我疑惑地看著他，不明白事情怎麼會變成這樣，或事情為何一開始會是如此，更重要的是，為何結果跟當初幾乎沒什麼兩樣。

我坐在那裡呆呆望著他，彷彿他的臉正在融化。「我感到很抱歉，」他說。有一陣子，我震驚到哭不出來。我不斷摸著額頭，就像你會一直輕拍著頭來確認頭髮沒亂。我猜我看起來一定像《慾望街車》（A Streetcar Named Desire）裡發瘋的布蘭琪（Blanche DuBois）[1]。接著，我開始哭泣，並告訴他我現在就得離開。他要我第二天打電話給他，我答應了，即使我其實並不期待到時候我還活著。

幸運的是，到那時候我依然喝著酒，活得好好的。我回到我跟家族老友同住的屋子，跟他們邊聊天邊灌下十幾杯酒，然後搭計程車去找其他幾個朋友，又跟他們狂飲好幾杯酒，還吸了極少量的古柯鹼——事實上，我一度像隻食蟻

1　美國作家田納西威廉斯的劇作《慾望街車》（A Streetcar Named Desire）中的女主角，神經質，習慣以幻想逃避現實。

獸。接著我跑去烈酒專賣店，買了半品脫威士忌，重回我住的屋子，直接拿著酒瓶痛飲布什米爾牌（Bushmills）威士忌，直到醉暈過去。

我一醒來，只感到心灰意冷。我望著行李箱內的稿子，想到我為了創造那些美麗、快活、嚴厲的角色，花掉將近三年的時間，我突然怒火中燒，便打電話到編輯家找他。他那天沒打算去上班，情緒也相當低落。「我要過去找你。」我說。電話那頭一陣沉默。接著，他小心翼翼地回答：「好。」似乎還想問一句：「妳會帶著刀嗎？」然後我下樓，叫了部計程車去他家。

他讓我進門，試著說服我坐下來，但我太激動、太生氣、太失望、太難承受、太委屈，也太震驚了。書稿裡有些章節會讓讀過的朋友大笑，或哭著打電話給我。書中具備了無比有趣的題材和某些從沒人寫過的重要內容；我很確定——多多少少啦。我開始在他家客廳來回踱步，像正在法庭上對著陪審團為客戶辯護的律師。我解釋這本書的各個面向，其中有一些是我完全忘了寫進去的，但我私心盼望不至於太容易看出來。我描述存在於角色之間的一切，我原本認為已經交代得夠清楚了。我講得口沫橫飛、慷慨激昂——當時二十八歲的我仍嚴重宿醉，感覺自己好像快死掉了——但我仍對他滔滔不絕地敘述那些角色是什麼樣的人、有什麼經歷。我約略描繪他們生活的根基，大聲講述我將如何解決情節和主題中幾個最嚴重的問題，我將如何簡化某些部分並補強其他部分。我沒有思考要講什麼，話就這麼衝口而出。

等我說完，他看著我，只說了一句：「謝謝妳。」

為每個章節做簡要的情節論述，才能客觀審視全書的結構設計

我們沉默地並肩坐在沙發上好一會兒，最後他開口說：「聽著，我要妳寫出妳剛剛對我描述的那本書。妳到目前為止都還沒做到。隨便去哪個地方，寫一份論述，一份情節的論述，寄來給我。一章一章地把妳剛才半小時內所講述的內容寫給我看，我就會付妳最後的預付稿費。」

我照做了。我安排好跟幾個朋友待在麻州劍橋（Cambridge）一個月。在那裡我每天坐在桌前，寫五百到一千字，敘述每一章的內容。我探討書中角色正轉變成什麼樣的人，他們會在何處，他們將要到何處，以及為什麼。有時我會直接引用書稿裡的內容，擷取其中最好的句子，慢慢為我和我的編輯增強信心。我也反覆思考出A點，即章節開頭，以及B點，即章節結束，以及要讓

我的小說角色從 A 點到 B 點需發生什麼事，然後上一章的 B 點該如何演進到下章的 A 點。這本書就像字母般依序進展，有如一個栩栩如生、沒有中斷的夢。這篇論述長達四十頁。我在劍橋寄出後，便坐飛機回家。

它成功了。編輯給了我最後的預付稿費，我用它還清我跟姨媽借的錢，也爭取到時間，好讓我寫最後一份草稿。這次我確實知道自己在做什麼。我找到訣竅了。這本書在第二年秋天出版，是我最成功的小說。

每當我告訴學生這個經歷，他們總希望能一睹那篇情節論述的原稿。等到我帶來課堂，他們專心研讀的程度，有如在研究羅塞塔石碑（Rosetta stone）[2]。它打在紙上，紙張經過多年已變得薄脆易碎。上面有隨手寫下的附注、糊掉的字跡，以及咖啡和紅酒的圓形汙漬。在我看來，它並非一輛在我宿醉時直接載我抵達目的地的神奇小火車，而是一份證明我曾奮力走過那段歷程的美麗紀錄。

2　製作於西元前 200 年，1799 年在埃及的羅塞塔村附近出土，被視為是破解古埃及象形文字的關鍵。

Chapter 13

你如何知道作品已完成？

How Do You Know When You're Done?

完稿的過程就像有隻章魚把你整個人吸乾。
你可能全身無力、腦袋當機，而且心知稿子並不完美。
但如果你意識到自己已傾其所有，
做到目前為止的最好狀態，
那麼我想，這代表作品已經完成了。

傾其所有，做到目前爲止的最好狀態即可

我的學生經常提出這個問題，但我不太確定該如何回答。我猜學生們大概以為一位出過書的作家完成作品、寫下最後一個字的最後一筆後，會將椅子往後一推，打個哈欠，伸伸懶腰，露出微笑。我不認識任何人會有如此舉動，連一次也沒有。實際狀況是你翻來覆去地思考、刪改和重寫無數次，然後請某個人讀讀你完成的作品，他或她提供了非常好的建議，你也大都採納了——直到最後內心有個聲音告訴你，是該著手進行下一部作品的時候了。當然，**永遠有**

更多可以改進的地方，但你必須提醒自己，完美主義是壓制者的代言人。

我聽說處於戒毒康復期的人有種說法——要控制癮頭，有點像企圖讓章魚乖乖待在床上。我認為這很適合用來形容你想方設法為定稿前的最後一份草稿，解決各種問題的過程。你好不容易將章魚的每隻腳塞進被子——換句話說，你想出一個情節，化解了兩個主角的衝突，也清楚掌握了調子——但還是有兩隻章魚腳跑出來亂揮。也許是前半部和後半部的對話風格不一致，或某個角色仍舊太單薄，然而你終究把那些腳全塞進被子。可是，正當你準備關燈離開時，又有另一隻黏人的長腳伸出來了。

這種情況很可能就在你坐在桌前揉著臉、感到全身無力、腦袋卡住時發生。然而，即使章魚伸出一隻腳，所有吸盤威嚇地開闔著，微瞇雙眼嘲諷地瞪著你，彷彿想把你整個人吸乾，只因為牠感到無聊，你也心知自己的稿子並不完美，期待它更好，但你明白自己已傾其所有，做到你目前為止所能完成的最佳狀態——那麼我想這便代表你的作品已經完成了。

第二部

寫作的心境

The Writing Frame of Mind

心理困境是導致許多寫作者半途而廢的原因之一，
安・拉莫特將在第二部中，
談及幾乎每位作家都會遭遇到的 5 種寫作心魔，
包括：狹隘的眼界、失去寫作直覺、
腦內噪音、病態嫉妒……等等。
成功克服這些障礙，
你的寫作之路才能走得長遠、順利。

Chapter 14

以寬容之心觀察萬物

Looking Around

寫作者的目標，是幫助他人用全新的角度看見大自然和人類心靈的真實本質。要做到這點，你必須以尊重寬容的態度，四處留意和觀察，否則你的理解會是遲鈍、封閉、錯得離譜的。

挖掘萬物的真實本質，是寫作者的任務

寫作牽涉到學習留意和傳達正在發生的事。若你問我，我會說此刻正在發生的事是我們全都在**這裡**，在這本書中；至於最重要的一點，可能是我們並沒有對彼此大吼大叫，否則我們大概會像兩隻北京狗一樣隔空狂吠：「啊！我被困在這個鬼地方！都是**你的**錯，都是**你**做的好事……」就如羅伯．史東（Robert Stone）[1]所言，**寫作是從人們的磨難中發現意義**。如果你沒有心存尊重，便無法做到。若你只看得到人們身上凌亂或華麗的衣著，你的判斷將會錯得離譜。

1　1937～2015，美國小說家，作品常以虛無主義為主題，著作包括《日出之旗》（*A Flag for Sunrise*）、《亡命之徒》（*Dog Soldiers*）等。

寫作的人是旁觀者，雖然像兒歌〈山谷有個農夫〉（The Farmer in the Dell）裡的乳酪般孤獨，但仍決定用紙和筆記錄一些實況。雖然置身局外，但你能透過自己的望遠鏡放大觀察一切。**你的任務是清楚呈現自己的角度和觀點，並看出人們真正的本質**。要做到這點，你必須盡可能懷著體諒之心先了解自己是什麼樣的人，才能了解他人。這件事說來容易，但做起來難。我的叔叔班（Ben）在二十年前寫給我的一封信裡說，「有時妳遇到某人，無論其年紀或性別，妳都很清楚對方是宇宙萬物中獨立運作的一部分，而妳內心也有那樣的一部分，不斷運轉著。當雙眼的遙控器喀一聲按下，妳便聽見熟悉的言語響起，這就是了——妳理解他們。」這正是我的意思：你希望讀者在開始了解你筆下的其中一個角色時，雙眼控制器也會隨著對這個角色的理解喀一聲按下，但你如果沒有先理解自己，就不可能精確呈現一個角色，讓讀者理解他。

用寬容和理解的態度看待小孩，相對比較容易，尤其是對自己的小孩，特別是他的表現很有趣或可愛時，即使他曾經傷了你。而寬容看待花栗鼠之類的生物，或清晰地看見牠、目睹牠的真實生活就在你腳邊或至少在較低的樹枝上進行、了解這種活生生的動物如何為自己的日常事務忙碌、聆聽牠尖銳高亢的嘰喳聲，而不光是看到牠的可愛，相對來說也比較容易。我不希望自己聽起來太博愛，但在那些時刻，你會感覺自己和花栗鼠一樣，都是宇宙萬物的一部分。我想我們若能暫時拋開自己的理性判斷，會更常感受到這點。理性判斷似乎阻隔了萬物一體的認知，好讓我們能有效率的運作、較妥善地處理日常事務，並準時算好稅單繳錢。但當你看見——真正看見——一名警察，你可以懷著萬物一體的胸懷去觀察他。你會看出他是一個活生生的人，跟所有人一樣有煩惱和痛苦，而不會以警察所代表的暴力、混亂、危險等鮮明形象看待他。你會一視同仁地接納他。

目前要你同樣用這種客觀的體諒看待自己，顯然比較困難。練習會有幫助。最初幾天你可能會覺得很不習慣，但接下來的每一天都會稍有進步。我正慢慢學習把自己極度莽撞的心提升到能客觀善待自己的境界，好讓我能放開胸懷，以尊重的態度關照其他事物。不妨試著將你的心當成一隻任性的小狗，而你正訓練牠在報紙上如廁。當牠在地板撒尿時，你不會將牠一腳踢到鄰居的院子裡，而會繼續把牠帶到報紙前。我也不斷嘗試平和地引領我的心，以尊重的態度去看、去描寫人事物的本質。若我不學會這點，我想我的判斷會一直有所偏頗。

用開闊的胸懷看待萬物，才能寫出令人驚奇與震攝的作品

我真心認為，要成為寫作者，你必須學會尊重，否則你為何要寫作？又何必在這裡？不妨將尊重視為敬畏、泰然的氣度，以及開闊的心胸。反過來則是遲鈍、封閉。不妨回想你有時讀完一篇散文或一首詩，當下感到自己被它所呈現的美、洞見或對某人靈魂深處的一瞥所震懾，就在那瞬間，一切似乎都完美契合了，或至少有了意義。我想這正是我們身為寫作者的目標（請原諒我的狂妄）——即幫助其他人感受到這種驚奇與震懾，重新以全新的角度看世界，看見那些能令我們驚訝的一切，那些闖進我們局限的狹小天地的事物。當你做到這點，便會感到天寬地闊。不妨跟一個會不停驚嘆「哇！哇！快看那隻髒狗！快看那棟燒光的屋子！快看那片紅色的天空！」的小孩一起閒逛。小孩指什麼，你就跟著看什麼，你也會隨之留意到許多事物，甚至不禁驚嘆，「哇！快看那排高得不得了的樹籬！快看那個好小好小的寶寶！快看那片黑得嚇人的烏雲！」我想我們在人世間正應該如此泰然自若，並心懷敬畏。我書桌前的牆上貼著一首波斯神祕主義詩人魯米（Rumi）的詩：

神的喜悅從一個無名盒子轉到另一個，
從一個小室移到另一個。

就在雨水滲進花園，
玫瑰嫩芽破土而出時。
如今它像一碟米和魚，
如今懸崖覆滿藤蔓，
如今駿馬已經上鞍，
喜悅藏諸其中，
直到有天轟然蹦出。

你能從留意世間萬物中得到極大喜悅。你可以仿效華茲華斯（Wordsworth）[2]看待萬物的開闊胸懷，即眼見的萬物皆具有神聖的內在本質，是上帝隱含其中的表徵。或者，你可能不會將萬物視為神聖，把世間萬物的外在視為表面看得見的徵象，內在則蘊含肉眼看不到的上帝恩典，但這並不表示你是個粗俗無用的垃圾。只要願意，每個人都能夠對大自然和人類心靈的美麗與苦痛感到驚嘆，也能捕捉到其中包含的細節和微小差異。若你開始四處留意和觀察，便能真正看見並有所感受。當我們看到令人訝異的事物，並盡可能如實、坦誠地描寫它，它便能給予你希望。於是你四處看看，驚嘆地說，哇，又是同一隻知更鳥；哇，那個婦人又戴紅帽子了，而戴紅帽的婦人可能跟希望有關，因為即使帽子大得蓋到脖子，她依然每天戴著那頂奇特的紅帽走去鎮上。在你想像中的

2　1770～1850，英國浪漫主義詩人。

拍立得照片裡，這些景象之一可能朦朧出現在右下角，起初你根本不知道它也在照片中，但最後它竟勾起你內心深處的某種情緒。以下是蓋瑞・史耐德（Gary Snyder）[3]的一段詩句：

水面的漣漪——
是水中銀鮭游過的痕跡
不同於／輕風吹動的漣漪

這段詩句雖然不到三十字，卻使得漣漪再次清晰鮮明起來。

我有一卷西藏僧侶吟誦真言的錄音帶，八個字一遍又一遍連續重複一小時，但每一遍給我的感受和體會都不同。絕對沒有一遍會讓你覺得僧侶可能邊偷瞄手表邊想，「老天，才過了十五分鐘。」即使已經過了四十五分鐘，他的吟誦依然清晰分明，直到最後一個字。但生命中的大多數事物並不見得會這麼單純明確，而生命之歌的每一節也不見得都被賦予如此全面的專注。這種專注是一種獎賞——全神專注於自我以外的某樣事物，是理性的強力解藥，因為理性經常只考慮到自我，會讓人用狹隘和私心自戀的態度看待事物，如同封閉自我、不給予任何人希望。

3　1930～，美國詩人，「垮掉的一代」代表人物之一，作品具有豐富的生態環保意識。

Chapter 15

找出你衷心擁護的信念

The Moral Point of View

要成為一個優秀的作家，你不只要多寫，
還必須擁有衷心相信的信念，
這個信念會在你為目標奮戰時，支持你繼續前進。
如果你沒有衷心認同的信念，
那乾脆停筆去打保齡球算了。

如果你缺乏衷心相信的信念，就無法寫得長久

若你經常花好一段時間撰寫故事，然後便失去興致或信心，半途而廢，這可能是因為你缺少真心相信的中心思想。你必須將自己認定真實或正確的信念灌注在文章中。整個故事或文章的核心，應該是你最衷心相信的道德觀。

這些道德觀不是隨口亂編的，它們大概就像真理，不論文化和時空背景為何都適用且無可置疑。而你唯一的任務就是告訴我們真理，而且當然不能只用

一個句子或段落來述說，因為真理並不只是汽車保險桿貼紙上的一段格言。也許某句俏皮話或一小段選舉新聞報導中，會有短暫的一刻顯現真知灼見，但要以寥寥數字涵蓋日常生活的真理，並非我們能力所及。所以，**你不能只在作品裡面放一小段通達透徹的警句，而應該用整部作品完成真理**。因此，你的文章或故事需要發展過程和層次——我們處於已知和未知之間，要試著在寫作的過程中拉近兩端，以釐清事實的來龍去脈，這就是為何我們可能得用上一整本書的篇幅述說真相的原因。

我並不是暗示說，我們想成為作家的原因是為了說教或傳遞某項信息，而是當我們認為某些事在道德上是無庸置疑的，也確信自己是對的，就算心知自己有多常弄錯，我們就必須說出來。（若我們只是有信息要傳遞，大可照山謬．高德溫（Samuel Goldwyn）[1]所言，去發電報就好了。）例如，我以前常認為雙的相反是單，愛的相反是恨，對的相反是錯。但如今，我覺得我們有時之所以接受這些概念，是因為相信絕對的準則要比面對殘酷的現實容易得多。我現在認為，沒有任何情感是愛的相反。現實是複雜得毫不留情的。

若你跟我有點像，那麼你在動筆時，可能會想整頁寫滿珠璣雋語和精妙見解，好讓所有人都看到你有多聰慧和敏銳。經過一段時間，當你已習慣每天固

1　1879 ～ 1974，好萊塢製片人，他所創立的製片場中的兩家為派拉蒙和米高梅電影公司的前身。

定寫一點東西後，可能就會自然而然地想讓筆下的角色表現出喜怒哀樂、愛恨嗔癡等種種情緒和行為。這些描述不會由機智雋語和精闢見解組成，但它們最好隱含寓意，畢竟大多數出色的創作，目的似乎都是藉由某種寓意揭露我們的本質。我最欣賞法國老牌影星珍・摩露（Jeanne Moreau）前陣子主演的電影《避暑小屋》（The Summer House）中的一段，她在小屋的廚房裡宣稱世上每個人都各有傷心事。屋主嗤之以鼻，緊接著問，那我們的傷心事又是什麼？她甩了甩那頭亮紅色的頭髮說：「孤獨如狂風般近乎永恆地呼嘯。」當那孤獨的狂風在我們身後威嚇、怒吼著，身為個人以及群體一份子的我們會如何反應？我們會言行端正、努力爭取尊嚴與同情，還是只顧自己？

我們從降生在這世上的第一天開始，便會逐漸發現生命中哪些對我們有益或有害，而我們的故事角色則將它們透過戲劇化的方式呈現出來。這是道德題材。然而**道德**兩字常讓人們產生負面的聯想，例如基本教義派、冥頑不靈的神職人員、自以為是……，我們必須拋開這些。**如果促使你寫作的是某個你深信不疑的信念，它不僅能讓你避免過度雕琢文字，也能幫你找出促使你的故事角色有所反應的動機為何**。你也許會發現角色表面的包裝下，藏著一個真正的好人——一個身為一般讀者的我們會欣賞並樂於有其相伴的人。我們之所以會偏愛某些角色，是因為他們和善或正直，從他們身上，我們可看見存在於人世間的善良正派，而這個特質使得他們甘願為別人冒險或犧牲。他們讓我們看到這世上依然存在著能發揮作用的道德準則，而且只要我們願意，就能遵照它的指引處事待人。

在閱讀好的小說時，我們會一邊注意當中的英雄或好人，一邊又著迷地看著壞蛋，因為他們可能更有意思。情節引領所有人（以及我們）進入黑暗的樹林，在那裡，我們排除萬難，終於找到一名女子或男人，而她或他身上的指南針竟依然指著正確的方向。這是令人驚嘆的奇蹟。這道光芒有時或許很微弱，但它同時突顯、驅走了黑暗。

不妨將中世紀的道德劇當成範本。我們樂於看到美德戰勝邪惡，而脆弱的獎賞──即人性、生命──終將獲得解救。在公式化的小說裡，惡人不斷得逞，直到結尾好人終於排除萬難，贏得勝利，還得到大胸脯美女的一吻。然而現代比中古世紀複雜得多，但很多問題依然類似──暴力、威脅、混亂、疾病、謀殺，和偷盜。因此最令人寬慰不過的，是知道我們內心仍存有純善的一面，不僅尚未被汙染和破壞，也能受到感化。當一個平庸的角色，一個和善卻又自私的人，發現自己在某處能發揮出埋藏在內心深處的勇氣和善心，我們也由此看到了我們所渴望的特質，這能幫助我們跟你的角色和故事產生連結，也使得我們會把一本書推薦給朋友，會記得它，會希望它陪伴我們一輩子。

擁有熱忱擁護的信念，寫作者才能推動故事前進

你必須相信自己的信念，否則便無力推動你的故事。如果連你都不相信自己說的話，就沒必要白費工夫，乾脆停筆去打保齡球算了。但若你真的很在乎某個信念，比方說，如果你是個非常積極的保育人士，向來致力保護景觀和大自然——這個信念便會在你為目標奮戰時，支持你繼續前進。

要成為一個優秀的作家，你不只得多寫，也需要有衷心相信的信念。你並不見得一定要具備複雜的道德哲學，但我想作家總會想嘗試成為解答的一部分，去了解一點點人生，並把這些心得傳下去。即使冷酷實際如山謬·貝克特，他也透過了劇作中坐在垃圾桶或將頭埋在沙中的瘋狂人物，以及他們不斷翻出包包裡的東西、停下來讚歎每一件物品的生存狀態，讓我們深入思考並理解人生的真理、明白哪些事物對我們有幫助。他做對了——我們一出生便開始步向死亡，而這個地球也可以像月球般冰冷、不適合居住——他知道怎麼讓人生顯得荒謬可笑。他只是對我們露出高深莫測、最動人的微笑，便完全改變我

們看人生的方式。他讓幾樣渺小的事物似乎突然變得清晰，讓我們可以依靠，使我們感到自己彷彿正是解答的一部分。（但我們在面對**解答**這兩個字時，可能也和遇到道德一詞同樣的問題。**解答**聽起來如此肯定，但我們可能已經對很多事不再那麼肯定了。或許我們唯一能做的，是讓這章剩下的篇幅充滿親切感和幽默。）

我們不妨以第十四世達賴喇嘛為例，在我看來，他是目前世上最清醒的人。他只說：「我真正的信仰是慈悲。」這正是一種偉大的道德觀——行善，並在面對磨難時保持開闊的心。不幸的是，光靠這麼一句話並無法成就偉大的文學。你必須為它添枝加葉，否則你寫出來的書就只有一個句子，而經紀人可能會認定你——就如德州人的說法——恐怕並非街角最亮的燈。

因此，**你想闡述的信念不應該只是一個信息，而應該是你內心熱忱擁護的觀點**。我們現在都處於危機中，同時間也面對未知的一切，因此除非你有重要又具建設性的話要說，否則沒必要找個聽眾，要求他注意你。我的朋友卡本特說，我們不再需要「四眼天雞」（Chicken Little）[2]告訴我們天快塌了，因為它已經塌了；如今的重點是該如何互相照料。我們會想知道你能否提供任何啟發，若你能逗我們笑，我們會更加注意你。對我們當中的一些人來說，好書和優美的文筆最能安撫人心，比精緻的美食還有效，因此寫作是你最重要的任務。

2　迪士尼動畫電影中的主角，有天他被樹上掉下來的橡實打到，便認為那是天空的碎片，於是慌張地告訴所有人天快塌下來了。

對我們大部分人來說，最重要的是生、死、愛、性，對另外一些人來說，則是上帝和環保。也許你最在意的是快速有效的灌腸劑——例如奶泡咖啡灌腸劑，倒也無妨，但我們不希望你寫這個，我們私下會認為你只是將自己的歇斯底里提升到性靈層面，就像數以百萬的人在教會和新時代（New Age）[3]的慶典中所做的一樣。

你可以描寫自由，值得奮力爭取的自由，以及人權意識如何開始覺醒並啟發你的故事角色，無論他們有多不討喜。你必須尊重角色的特質，因為正是這些特質塑造了他們。**你衷心擁護的信念並非一句口號或痴心妄想，它不是來自外界或天上，而是源自於一個角色的內心，並在其中成長茁壯。**述說真相、描寫自由，並盡一切努力為它奮戰，你將會得到豐富的獎賞。就如專欄作家茉莉．艾文斯（Molly Ivins）[4]所言，自由的鬥士不見得總是獲勝，但他們永遠是正確的。

3 流行於 1960、1970 年代，鼎盛於 1980 年代晚期的新思潮，涵蓋靈性、神祕學、另類療法等層面，並吸收世界各宗教的元素以及環境保護主義觀點。重視精神層面及心靈力量，自我靈性（self-spirituality）、新心靈（New spirituality）、身心靈（Mind-body-spirit）等詞彙都是源自新時代的思想。

4 1945～2007，美國專欄作家暨政治評論家，著作包括與盧．杜伯斯（Lou Dubose）合著的《布希治理下的美國生活》（*Bushwhacked*）。

Chapter 16

相信你的直覺、聆聽你的花椰菜

Broccoli

若想寫得好，你需要信任你的直覺，
因為理性會把太多豐富奇妙的點子排除掉。
這些方法可以幫你找回直覺：
建立嚴格的寫作紀律、不過度掌控內心，
以及幫直覺取個好笑的綽號，比如「花椰菜」。

只靠理性來寫作，你的下場會很悽慘

以下是一個典型的梅爾・布魯克（Mel Brooks）[1]老笑料：在《兩千歲人瑞》（2000-Year-Old Man）[2]唱片的反面，心理醫生告訴他的病人：「**聆聽你的花椰菜，它會告訴你該如何吃它。**」這句話在寫作中跟真實生活裡同樣重要。當我第一次這樣告訴學生，他們看著我的表情，彷彿認為情況顯然愈來愈糟了。

這句話的意思當然是，當你不知該怎麼辦，也不知道你的故事角色是否將

1 1926～，美國奧斯卡獎最佳編劇和喜劇電影導演暨演員，作品包括《金牌製作人》（The Producers）、《羅賓漢也瘋狂》（Robin Hood: Men in Tights）等。

2 梅爾・布魯克與卡爾・萊納（Carl Reiner）於1961年搭檔推出的喜劇專輯唱片。

會做這件或那件事，不妨靜下心，試著去聆聽內心那個依然微弱的聲音，它將告訴你該怎麼做。問題是，我們有許多人從小就不碰花椰菜了。我們小時候總會聽從自己的直覺，然後跑去告訴大人我們認為正確的事，結果通常不是被糾正、嘲笑，就是被處罰。大人不准你有自己的意見或感受，他們還寧願你有頭蝨。如果你天真地問：「為何媽咪在浴室裡哭？」大人可能會告訴你：「媽咪並沒有在哭，媽咪只是過敏了。」你若問：「為何爹地昨晚沒回家？」大人可能會故作輕鬆地回答：「爹地昨晚有回家啊，只是今天一早又出去了。」於是你點點頭，即使你知道那都是騙人的，但討大人的歡心很重要。除了他們，沒有其他人會照顧你。若你堅持打破沙鍋問到底，大人很可能會罰你不准吃晚餐，回房間閉門思過，或者把你的雙腳捆起來，扔在加油站附近的山坡上。這導致每當有個聲音非常清楚告訴你真正發生了什麼事，你可能已經習慣去懷疑它的真實性。**重新找回你的直覺非常重要**。

若想寫得好，你便需要你的花椰菜。否則當你每天在書桌前坐下，就只剩下理性指引你。若剛巧那天過得很慘，你可能連半小時都撐不下去。你會停筆，甚至起身離開，這是最糟糕的，因為我們大多數人都知道，只要我們在桌前坐得夠久，無論過程如何，最後便可能得到令自己驚喜的成果。不妨假設現在才九點十五分吧，如果你堅持下去，或許某個影像或情況便會浮現，幫你帶出一個角色，之後，你就只需設法開路，好讓這個角色接下來能走向前開口說話，而且他或她可能說出重要訊息，甚至會做出對他或她而言最重要的事，因而讓你的故事情節變得清晰明確。你也許就此看出該如何帶領這個角色從順境到困境再重回順境，或任何處境。若你今天放棄了，滿懷挫折、恐懼與絕望，第二天會更難面對，因為今天你才在桌前待了十五分鐘就放棄了。還記得在電影《狼城脂粉俠》（Cat Ballou）[3]中，醉醺醺的李・馬文（Lee Marvin）憑著殘存的意識，從得意的咆哮到為挫敗哭泣，然後終於暈過去的劇情嗎？那夥人當中的一名男子佩服地看著他說：「我從沒見過一個人這麼快過完一天。」別讓自己變成這樣。

信任你的直覺，放開來寫就對了！

信任自己、嚴格遵照你定下的寫作時間，便能找回直覺和信心。你必須相信自己，尤其在經常處於自我懷疑和焦慮的初稿撰寫階段，你必須完全放任自己的想像和回憶隨處遊蕩、跋山涉水、縱情奔馳。不妨信任直覺，毋須動不動就察看自己的雙腳是否踏對舞步。放開來跳就對了。

3　1965年推出的好萊塢電影，由珍・芳達（Jane Fonda）、李・馬文主演。

只要你為直覺騰出空間，不再跟理性交換意見，便能找回它。理性並不能供應你寫作需要的養分。我們的文化極重視理性，因此你便認為它能為你提供真相，但事實並非如此。**理性會把太多豐富、新鮮、奇妙的點子排除掉。**

有時你需要將直覺哄出來，因為它有點害羞。但只要你試著不要逼迫它，它通常會從心靈深處或潛意識裡飄出來，化為閃爍的小火花。過度的逼迫和關切會毀了直覺，溫柔的專注則會讓它靜靜地保持燃燒。

因此不妨試著靜下心，保持安靜、呼吸，並聆聽。觀看你腦中的螢幕，若你仔細瞧，將會發現你所追尋的東西，例如故事的細節和它的走向——或許不見得就在此刻，但終究會出現。**如果你不再嘗試過度掌控你的心，便能直覺地感受到所有角色的一切。**要停止掌控並不容易，但你絕對做得到。如果你的故事角色突然從口袋掏出吃了一半的紅蘿蔔，不妨由她去，稍後再自問這是否像她會做的事。訓練自己聆聽內心那個微弱的聲音。大多數人的直覺常會被俗話諺語掩蔽。我們都有靈光一閃的時刻，接著卻又想到一句俗話，將那點靈光沖刷殆盡。直覺有可能切中事實、成熟、充滿各種可能，而俗話絕對是老生常談，沒有發揮的空間。

不妨將你想到和感受到的視為脆弱的物品，不加思索地寫下來。但要注意的是，若你的直覺說你的故事爛透了，最好先確認這真的是你的直覺，而不是你媽說的。當你突然心想，「我看見這個角色穿著紫色鯊魚皮外套。」接著卻又響起老媽憂心忡忡的聲音，「不對，不對，應該幫他穿上得體一點的衣服。」若你聽從老媽說的話，你和你的讀者很快就會睡著。直覺會以更奔放、更自然的方式引領你的故事向前奔馳。它可能會讓你看到從樹叢後蹦出來的真正事物是什麼。你不會總是聽見一個清楚的聲音，興奮地喘著氣說：「啊哈！紫色鯊魚皮外套！」通常你只會聽見呢喃的低語。它也許聽起來像是匯集成潺潺溪流的許多聲音中的一個，或者它可能經過易容改裝，偷偷摸摸地從角落爬出來，若你拿太亮的光照它，它便可能爬回去，消失無蹤。

先爲直覺取個好笑的綽號，比如我的直覺＝花椰菜

我認為學習仰賴直覺的一個重要步驟，是為直覺找個簡便的代稱。例如花椰菜這個代稱很好笑，對我相當有效。一個朋友告訴我，他把自己的直覺想成他的寵物。「我的寵物想到這個，」他說，或者「我的寵物痛恨那個。」但無論你因需要而為直覺取的代稱是什麼，都不要嘗試掌控它。若你在森林裡迷

路，就讓你的馬去找回家的路。你必須停止主導，否則只會礙事。

寫作是一種自我催眠的過程，讓你信任自己並寫出故事，然後再清醒過來，客觀審視成品。當中會有許多錯誤及必須補充或刪除的地方，但沒關係，只要是人，難免會做出錯誤的決定。我的朋友泰瑞（Terry）說，當你需要為你的作品或某些事情做決定，卻不知道如何是好時，就乾脆隨便選一樣決定去做，反正最壞的狀況也不過是犯下嚴重的錯誤。所以，先別管情節是否正確合理，不妨任由你的角色選擇回到她那個有被動攻擊傾向、令人痛恨的丈夫身邊。那或許是正確的決定，也可能不是。如果不是，回頭再試試其他。我們當中有些人常會認為，自己所做的每一件事，所說的每一句話，所寫的每一個字，都重要得不得了。但其實不然。若你不知何去何從，就盡量把情況變單純。傾聽你的花椰菜，或許它會知道該怎麼做。

接下來，若你真心誠意地連續工作數小時，但今天再也無法聽到直覺的聲音，不妨就去吃點午餐吧。

Chapter 17

切斷腦內吵翻天的 KFKD 電台

Radio Station K-Fucked

我每天早上一坐在書桌前，
KFKD 電台便開啟了，
裡頭播送著各種讚揚和咒罵自己的自言自語。
我只能閉上雙眼、深呼吸，重新上工。
很抱歉，這三個老套的步驟是關掉電台的唯一辦法。

我得在此談談 KFKD，或「K—幹」（K-Fucked）電台。它的存在對寫作者來說，可能是阻撓你聆聽花椰菜最大的障礙。我保證後面再也不提它。

自我膨脹、自我質疑、自我厭惡……
毫無止盡的腦內噪音會讓你聽不見故事角色在說話

若你不提防些，KFKD 電台就會在你腦中二十四小時連續播送。你的右耳會不斷充斥自我膨脹的聲音，叨叨複誦你有多特別而且心胸開闊、才華洋溢、聰明、博學、謙遜，卻常被誤解。你的左耳則反覆響起自我厭惡的饒舌歌，細數你沒做好的事，以及一整天和從出生至今犯過的所有錯誤，不斷自我質疑，責怪每件事只要有你插手就會變糟，埋怨你沒把感情關係處理好，是個徹頭徹尾的騙子，沒有能力付出無條件的愛，缺乏天分或見地，諸如此類。在你設法寫出點東西時，可能還會加上魔音穿腦的重金屬音樂。**你必須清除腦中這些喧鬧的噪音，才能聽見你的故事角色說話，讓他們引導故事情節。**

除了從百憂解到前腦葉白質切除術等各種療法之外，清除腦中噪音最好的辦法，是先確認ＫＦＫＤ電台開關是否打開。我每天早上一坐在書桌前，ＫＦＫＤ便開啟了。所以我靜坐一會兒，並做個簡短的禱告，默念：「請幫助我擺脫糾纏，這樣才能寫出我想寫的東西」。有時這類小儀式可以清除喧囂。還有很多可能對你有效的方法，例如小祭壇，或還願蠟燭、鼠尾草薰香、小動物獻祭，尤其現在最高法院已判定小動物獻祭合法。（這條新聞見報當天，我便將它剪下來，貼在我家貓咪水盆前的牆上。）小儀式是提醒潛意識該上工的有效信號。

你或許也會考慮試試平緩意識呼吸法（conscious breathing）。我常忘記這麼做，而且我通常不太喜歡和談論意識呼吸練習的人混在一起，因為我會開始擔心接下來大家就會沒完沒了地討論芳香療法。但是，**意識呼吸法的確能產生一些效果，因為當你試著將注意力放在呼吸，相對的就能幫助你靜下心。**

於是，你早上九點鐘便坐在書桌前，做了簡短的禱告和小動物獻祭或其他儀式，接著緩緩深呼吸一會兒，並試著找到你的故事角色們，將注意力放在它們身上，只不過你發現自己的思緒開始飄離。通常你會發現思緒飄去想像某個你知道真的很棒的作家如何寫作、他為何寫得比你好這麼多、跟他一起上知名脫口秀主持人大衛．賴特曼的節目又會是何等景象、他在現場會怎麼諷刺你，或者會跟著你講的所有笑話大笑，並希望你成為他最要好的新朋友，以及你午餐要吃什麼，還有，若你的頭髮著火，或有人（例如一位評論家之類）拿錐子刺你的雙眼會是什麼感覺。別擔心，不妨平和地把你的思緒帶回到寫作上。

假設你的故事角色正和他長大成人的兒子，坐在棕黃色山坡的一棵柏樹下，以抑鬱的語調提起他一生中少數的狂喜時刻，那麼你這天早上唯一該做的就是跟隨他的思緒並傾聽，你可能會發現其中一部分的詳情。一分鐘後，你開始看到那個男人不久前在某人的後院草坪和另一名較年輕的嬉皮男子玩乒乓球，他們不是在比賽，只是打著玩。你試著將這幅情景寫下來，才寫了兩句，你卻開始擔心自己會落到一貧如洗、以車為家的窘境，接著你媽打電話來，雀躍地告訴你，某個在你上八年級時欺負過你的傢伙遇上很棒的事。你掛上電話，感覺腦袋就像注射了咖啡因般刺激過度，可能需要再花一分鐘重新把你的心帶回到那個男子在後院草坪的時刻。你不妨閉上雙眼，深呼吸，重新再來。

克服KFKD電台的唯一方法：深呼吸、靜下心，從頭開始

很抱歉，我真希望會有一種更迅速、巧妙的解決方式，但**深呼吸似乎是唯一的辦法**。相信我，我也痛恨自然療癒，實在不得已時才會試。兩天前的晚上，我的喉嚨腫痛，呼吸困難，感覺像得了氣管癌，但我還是去上課了。剛好那班學生中有兩個是醫生，其中一位試圖說服我，我不太可能得了氣管癌，其實不過是仲秋時節流行的病毒感染，很多人都有類似症狀。另一位醫生建議我喝非常、非常熱的開水。「熱開水？」我說：「**熱開水？**我理應待在家裡打脊髓鎮痛劑，喝感冒糖漿，你卻只叫我喝熱開水？」接著我威脅要降他的級。（當然，這個寫作研習坊並沒有分級，所以每當我拿這件事來威脅學生，他們通常只是翻翻白眼。）下課時，那位醫生為我端來一杯滾燙的開水，燙到可以用來泡茶，只不過杯裡沒放茶包。我喝下了，二十秒後，我的肺部和喉嚨便不再疼痛。

然而，平緩的深呼吸能幫助你進入狀況，聽見你筆下角色的內心活動以及你故事中的人們在街上的言談，免於受到KFKD的干擾。只要你一進入狀況，自己就會知道。

我很努力避免在此處使用**和諧**這個詞，所以請讓我告訴你一個簡短的故事。去年夏天，我接到一通電話，是紐約的一位製作人打來的，她希望我兩天後坐飛機去一趟，在紐約待一天，上她的電視談話節目，再坐飛機回來。我考慮了很久——大約三十秒。我當然想去。但我必須先安排好讓山姆去他的祖父母家住一天，還得搭飛機趕回來教第二天晚上寫作坊的課，而唯一能讓我及時趕回的班機，中途必須在達拉斯福特沃斯機場（Dallas-Fort Worth）暫停。對於得在達拉斯福特沃斯機場暫停一事，相信我，我一點也不樂意。我將這些告知製作人後，便出門參加教會的委員會議。

我糟透了。KFKD在我的右耳播放著電視談話節目的彩排，以及隨後跟戴夫・考茲（Dave Koz）[1]和阿森尼歐・霍爾（Arsenio Hall）[2]一起上場的情況。左耳則播放著以空難為主題的叩應節目，敘述空難經過及罹難者遺體支離破碎的景象。

1 美國著名的薩克斯風樂手，為電視節目「阿森尼歐・霍爾脫口秀」（The Arsenio Hall Show）的固定來賓。

2 美國脫口秀主持人，走紅於1980年代後期和1990年代初。

我抵達教會時，委員會成員還沒到齊，不過教會長老中的四位——全是女性，三位非裔美籍黑人以及一名白人——正聚在一起為無家可歸的孩童禱告。我開口問道：「你們能否跟我討論一下我的一個私人問題？」

她們點點頭。我便告訴她們自己有多怕坐飛機，還有這趟往東飛的旅程有多少變數。她們又點點頭，似乎相信耶穌和旅行社中間總會有一個能讓事情順利。我嘆口氣。委員會議在另一個房間舉行，於是我舉步維艱地走進去。我心亂如麻，被脫口秀、空難，以及瘋子拿著烏茲衝鋒槍在達拉斯福特沃斯機場掃射的景象纏繞，不太能專心開會。會議結束後，我正準備離開，一本小祈禱書卻吸引我的注意。因此，我將它拿起來放進皮包，打算晚餐後看，下星期天再歸還。

在前去參加午餐聚會的一路上，我一直擔心發生車禍，這樣人們便會發現那本書在我身上，被我撞到的車禍生還者也會知道我終於崩潰，而且成了一個認定世界會在第二天午餐後毀滅的基本教義派信徒。不過，最後我還是安全抵達餐廳。我一坐下便打開皮包拿那本小書，但我沒將它整個掏出來，而是半藏在皮包裡，以免別人看到它的封面，彷彿它是最淫穢的黃色書刊，例如《大俏臀》（*Big Beautiful Butts*）之流。我在皮包內翻開它，開始閱讀，那頁有段很美的句子：「假使一根稻草順著灣流的方向流動，灣流便會直接流過它，而不會相互對抗。」

我就長話短說吧。後來我飛去紐約，一切都很順利。我既不用暫停達拉斯福特沃斯機場，也及時趕回來教課。所以，現在我總會告訴學生灣流的啟示。它對我們以及寫作者的啟示是，**我們應該讓自己順著故事、潛意識、回憶和感覺、故事角色人生的流向**，這樣它們就會流過我們，像灣流對稻草一樣。每當KFKD播放，便表示我們與流向不一致。因此我們應該坐在原處，深呼吸，靜下心，將袖子捲起來，從頭做起。

Chapter 18

嫉妒

Jealousy

看到某些真的很不值得的作家登上暢銷書排行榜、
在全國雜誌刊登美美的大幅照片，
攝影編輯還事先把他們的獠牙，和頭上的角修掉，
真的會讓人很想上吊。
而唯一能轉移我嫉妒的辦法是
（1）變老（2）討論它，直到熱度消退（3）把它當成寫作題材。

在KFKD電台播放的所有噪音中，最難壓制的或許是嫉妒。無論你之前累積了多大的信心，嫉妒都是對信心最直接的攻擊。但若你持續寫作，遲早都得面對，因為某天說不定你所認識的那些最糟糕、最暴躁、最不配獲得成功的寫作者——換句話說，那些除了你以外的人——竟然功成名就。

嫉妒之所以產生，是因為大眾盲從的心態並不會被理智、感覺、靈感、手，和紙筆完美配合所創造出來的魔力影響，而是受到脫口秀、電影和電視廣告的左右。不過，你也許會樂於讓盲從的大眾如馴鹿般追隨你一陣子。我們大

多數人私下都會有這種渴望。但馴鹿們在飽餐一頓地衣之後，可能就會改而追隨一些真的很不值得的作家。這些人的作品不僅登上暢銷書排行榜，改編而成的電影熱賣，得到金額驚人的預付稿費，全國性雜誌也會刊登他們美美的大幅照片，而攝影編輯還事先幫他們把出現在照片裡的皺紋、獠牙和頭上的角修掉。全天下你最推崇的作家則會在《時代》雜誌的書評中大肆讚揚他們的作品或為平裝本背書。他們會買大房子，或跟他們的第一棟房子同樣好或更好的第二棟房子。

而你會想把自己扔下樓梯，尤其當那人剛好是你的朋友。

你的感受會難以形容的糟。你會一連好幾天痛恨所有人，也不相信任何事。若你的確認識一位有上述際遇的作家，他或她無可避免會說下一個將會輪到你，就如同每當你參加婚禮，總會聽到新娘對年華漸逝的你這麼說。你會發現自己竟然希望這個朋友遭遇到小小的不幸，這樣或許可以發洩一丁點受傷的自尊——例如，她的頭爆開，或者他某天早上被前列腺痛醒，畢竟一個人無論有多成功、多富裕，如果早上一醒來便得打電話找治療師指壓按摩，一整天恐怕都會很難捱。你完全沉溺在這類幻想中，因為你再度感覺自己像站在糖果店櫥窗旁的小孩，眼巴巴看著這個你如今非常痛恨的朋友得到所有糖果。你相信成功帶給這位朋友太多歡樂、寧靜，以及安全感，而且她的日子過得比較快活。她將會活到一百二十歲，而他則會長生不老——至於好人，例如你，則快死了。但事實並不如你所想的那樣。金錢無法給予他們多大保障，他們的生活其實壓力更大，而且現在他們有了得付出更多金錢解決的麻煩。

於是你想，好吧，我寧可有那種壓力，也願意有那類麻煩。

但你真的想要嗎？

對，我真的想要。

但我們知道這世上一些最成功的人，正好也是最寂寞、最悲慘、最神經質、最卑鄙的人。

沒錯，但我會跟他們不一樣。我不會迷上報導我自己的新聞剪報。我不會老是把成就掛在嘴邊。我不會講出這種話：「天哪，你居然認為今天的雨下得很大？我記得有一天——我想應該就在我得到古根漢（Guggenheim）大獎的那年——那天的雨下得真的很大。」你絕不會這麼做，絕不會像那些人。

你能這樣想真是好極了，可是成功都降臨在別人身上，你也這樣想吧。

嫉妒是寫作者最不體面的職業傷害之一

嫉妒是寫作者的職業傷害之一，而且是最不體面的。不過，曾滿懷嫉妒的我確信，**唯一有助於緩和或轉移嫉妒的辦法是（1）變老；（2）討論它，直到熱度消退；（3）把它當成寫作題材**。再者，總會有人能讓你開始感到這種無端的嫉妒很可笑，然後你便能把心思拉回來。

我去年經歷了一場很嚴重的妒意發作。對象是一位跟我處得不錯的朋友（或應該說我們曾經處得不錯），當時她出版的一本書賣得很好。感覺上似乎每隔幾天就會有人告訴她那本書的銷售量又攀升了多少，看起來她的寫作生涯將會事事順心。這令我恨不得去上吊。我寫得比她好。我的許多作家朋友都很成功，非常成功，但我並不嫉妒他們。我不知道為何如此，但這是事實。她成功了，我卻坐著一邊聽她在電話那頭滔滔不絕地談論她最近的成果，一邊祈禱我能在破口大罵前掛掉電話。我簡直像個汙水坑般不斷滲出苦澀不滿。

我深深相信，若我們能像即將死亡般面對生命的每一天，便能得到解脫。臨終者能讓你學會寬恕、注意周遭的一切、不為小事煩惱。因此，每當這位朋友打電話來，我便會努力要求自己原諒我們倆。那年，我跟一名來自南方的女子共度夏天，她總是動不動就說：「那不是很棒嗎？」——只不過她的口音讓這句話聽起來幾乎和「夯」押韻。於是，每當我的朋友打電話來，以美國小姐選拔會參賽者那種故作謙虛又有點高高在上的語氣，報告她最新的好消息時，我都會說：「那不是很夯嗎，是吧？那不是很夯嗎？」

她會說：「你真的很支持我。我的一些朋友就不太能接受。」

我會說：「我怎麼會不支持你？實在太夯了。」

但我總是想問：「你可以告訴我你那些朋友的名字和電話嗎？」

有時我會掛斷電話，大哭一場。過了一會兒，我開始找人幫忙。

某個人提醒我珍．里絲（Jean Rhys）[1]曾寫道，所有寫作者都是一條小河，流進同一個大湖，只要其中一人得了好處，大家也共蒙其利；我們都共享著別人的成功與讚譽。我則回道：「你是一個滿懷很多、很多怨憤的人。」

先處理好被剝奪感才能克服嫉妒，吃百憂解是沒用的

我的心理醫生說，**當一個人感到被排除在外和被剝奪，嫉妒便油然而生。**

1　1890～1979，生於多明尼加的英籍小說家，著作包括《夢迴藻海》（*Wide Sargasso Sea*）等。

若我先好好處理那些存在已久的情緒，便有可能克服嫉妒。我企圖要她開百憂解給我，但她說，在我的人生中，這位作家是來幫助我治療我的過去，幫助我將帶出這一生持續存在的負面感受，包括認為別人的家庭比我們的美滿、別人的家庭都有某種操作指南可以照著做。她說我是在把自己的內在拿來跟其他人的外在表現相比，我應該去感受自己的情緒。我照做了，感覺很糟。

我的朋友，那位讓我如此嫉妒的作家，會打電話給我，像個做作的南方美女般說道：「我只是不明白為何上帝今年賜予我這麼多錢。」而我會暗自用腹部深呼吸，然後回答：「那不是很夯嗎？」我一生從沒覺得自己這麼沒用。

我打電話給我認識的一位很有智慧的寫作者，他在戒酒互助會（Alcoholics Anonymous）多年，幾乎半生的時間都在幫他人戒酒。我問他，當他面對一個新加入的會員，對方正遭受神智紊亂，或假設說，遭到嫉妒折磨，他會怎麼勸解。

「我會聽他說話。」他說，「他們都會告訴我難以置信、極度狂妄又錯綜複雜的故事。接下來我會回答三句話中的其中一句：『哼嗯』、『嗯』、『太糟了』」。我聽了大笑，然後開始告訴他，與我那位獲得成功的可怕朋友相關的一切。他沉默了一會兒，接著說，「哼嗯。」

我還找了一位有點超重的天主教神父朋友談，他是個同性戀。我問：「你會嫉妒嗎？」

他回答：「每當我看見一個跟我同齡、但身材很好的男人，我會有矛盾的感覺，一方面渴望跟他一樣苗條，一方面又想親近他，這是嫉妒還是欣賞？」

我實在很難找到一個能消除我的嫉妒，或將它轉化為其他情緒的人。我覺得自己像童話故事裡壞心的繼姊。我找另一位朋友談，她為我唸了一段某位拉科塔蘇族印地安人（Lakota Sioux）說過的話：「有時我會自憐，但我始終乘著大風飛越天際。」真美，我說，但我的心病卻如此沉重。

然而，這段話為消除妒意的過程起了一個頭，它將禁錮我的囚室牆壁鑿了第一道小裂縫。我一直期待上帝對我伸出手，用祂的魔杖點我一下，我就會像故障的烤麵包機般一下子恢復正常。但問題並不會以這種方式解決，而必須靠我自己每天慢慢地取得進展。

找回幽默感，把可悲的嫉妒變得好笑

另一個幫助來自某個週日刊登在《紐約時報書評》的一首詩〈人們只記得我敵手的一本書〉（*The book of my enemy has been remaindered*），作者是克萊夫．詹姆斯（Clive James）。「人們只記得我敵手的一本書，」開頭寫道，「而我很高興。」它的幫助簡直筆墨難以形容。噢，知道有人跟我一樣滿懷嫉妒又可悲，但卻能讓這些情緒顯得好笑，實在是天賜的安慰。我打電話給每一個我求助過的人，請他們讀讀這首詩。每個人都對他的描寫拍案叫絕，深表認同。

另一個幫助則來自於我的朋友茱蒂（Judy）對我說的話。她告訴我，問題出在我試圖**停止**嫉妒和競爭心態，其實重點應該是不要讓這些情緒加重我痛恨自己的心理。她說，我是瘋了才會試圖為另一位作家高興。我從小在一個鼓吹競爭、好還要更好、追求百萬年薪的文化中成長，但下一秒鐘卻又為了自己渴望成功，或是嫉妒和害怕成功永遠只降臨在別人頭上而感到羞愧。我只是依照從小被灌輸的觀念去做而已。

所以，我開始把自己的幽默感找回來。我開始告訴自己，若你想知道上帝對金錢的看法如何，不妨看看他賜給了什麼人。這讓我無比振奮，即使我最親密的朋友們都很有錢。我告訴自己，鑑諸歷史，當一個人太快成功，沒過多久就會遭逢希臘悲劇式的禍事。而我，既沒有太快成功，也沒有隨時間變得更有成就，其實處於較有利的位置。我最後不會變成描述狂妄下場的希臘悲劇中傲慢自大的女主角；這點是不容忽視的。我的神經已經疲憊不堪，最不需要的就是雷電和無聲尖叫的突襲，加上有怪物、鐃鈸、狂風助陣的野火吞噬森林的災難；我的意思是，**誰說我非要功成名就不可啊？**

以嫉妒爲題材寫作，我才發現自己的嫉妒出奇的美麗

接下來，我以自己的嫉妒為題材，開始寫作。我應該深入內心陰冷的角落，看看那裡有什麼，為我們所有人共有的心境點亮一線光芒。有時，這類人性弱點相當可恥又可悲——尤其是嫉妒——但你最好去感覺它、談論它、處理它，而不是被它無聲無息地毒害一輩子。

經歷了讓自己的情緒有如游泳橫渡英吉利海峽、歷經又冷又怕的幾星期後，如今我似乎有所進展。我在電視上看到一部紀錄片，描述一對罹患愛滋病的同性伴侶。剎那間，我之前獲得的所有幫助就像拼圖般完美嵌合在一起了。

紀錄片的許多片段是飽受愛滋病蹂躪、令一般人迴避的軀體。那對情侶之一瘦削的背部布滿紫色的卡波西氏肉瘤（Kaposi's）。然而，一旦身為觀看者的你感受到他的內在心靈，便能看出他的那個病人之美。你能看見一個人如何秉持著驚人的堅定毅力，優雅地面對恐懼，直視深淵，並看到盤據在自己體內的正是這個疾病，或者甚至是這種妒忌。所以你盡全力去面對、處理它。而這個飽受蹂躪的軀體或受傷的心靈可以、也應該得到盡可能溫柔的關照。

我愈寫嫉妒、就愈常想到那部片子，更愈氣那位作家朋友老跟我提到她的錢，因為她明明知道那年夏天山姆和我幾乎一窮二白。我持續寫我的童年，以及當時我有多渴望其他女孩擁有的東西和其他家庭的生活方式。我將希勒爾（Hillel）[2]的名句貼在書桌前的牆上：「我起床。我行走。我跌倒。同時，我也在跳舞。」而我跳舞的方式是透過寫作。於是，我寫下自己如何嘗試更加留意這個世界、試著別把一切看得太認真、更放慢腳步，也更常外出看看。最後，我的文字變得更有趣，也對我自己、對那位作家朋友流露出體諒之情。那時，我終於能夠盡量心平氣和地告訴她，我們的友誼需要一段喘息的時間。人生真的很短暫。最後，我發覺我和我的嫉妒竟出奇的美麗，就像愛滋病紀錄片裡的那對男同志般跳著自我蛻變的舞，也像一隻老邁的長腿水鳥般跳著舞。

2　西元一世紀在耶路撒冷的猶太教經典詮釋者。

第三部

一路幫助你

Help Along The Way

寫作者的職業傷害包括全然的孤獨，
以及承受靈感枯竭時期無盡的焦慮和空虛，
這些情境帶來的挫折感曾毀掉了不少的寫作者，
安 ・ 拉莫特接下來將以自身經驗為例，
分享6項寫作日常習慣，
包括：索引卡、寫作班、打電話找人聊聊、
書信寫作……等等，
來幫助你脫離孤獨和靈感便祕！

Chapter 19

隨時筆記索引卡
Index Cards

當我什麼都寫不出來時，
我便會翻閱索引卡，
讓之前寫得短文或短句
提醒自己哪些個想法或景象能為內容注入活力，
把我重新拉回寫作上，寫出一個又一個該死的字——
老天，那些字可是千辛萬苦熬出來的！

我喜歡想像亨利．詹姆斯（Henry James）[1]一邊說著他的經典名句：「作家是一個不會丟失任何東西的人」，一邊找他的眼鏡，而眼鏡其實正掛在他頭頂上。

平日我們有這麼多事要記，於是我們列了好幾張單子，滿心期盼它能提醒我們所有該辦的要事、該買的重要物品、該寄的重要郵件、每一通該打的重要電話、我們為短篇小說或文章想到的任何點子。但當你忙著處理其中一張單子列出的事務，卻早已忘了別張。不過，我仍相信列表和做筆記是有用的，也相信在索引卡上兼做這兩件事是可行的。

1　1843～1916，生於紐約市，美國小說家，被公認為心理小說大師。1869 年移居英國。著作包括《黛絲．米勒》（*Daisy Miller*）、《貴婦的肖像》（*The Portrait of a Lady*）等。

隨身攜帶索引卡，不要指望自己能記得所有事情！

我的家裡到處都有索引卡和筆，無論床邊、浴室、廚房、電話旁或車裡的置物櫃。我溜狗時也會放一份在我的褲子後口袋。事實上，我把卡片對摺放在口袋裡，因為這樣不會讓自己的臀部看起來很大（如果你知道這個訣竅的話，或許你也會想比照辦理）。雖然我對你一無所知，但我敢說你腦袋裡多的是辦法，根本不用為了是否會讓自己看起來很胖而煩心。當我不帶皮包出門時（我的皮包裡除了有筆記本，當然還有索引卡），我便將索引卡對摺，跟筆一起放在後口袋，放心出門，因為我知道若我想到一個點子，或看到某個美麗、奇特，或基於任何原因有值得記住的事物，我便能馬上寫下幾個字來提醒自己。有時，若我碰巧聽到或想到一段適合拿來做對話或轉折的明確內容，我就會逐字記下，再將卡片放回口袋。如果我在鹽沼散步，或是到鳳凰湖（Phoenix Lake）[2]玩，或在超市的現金結帳櫃檯排隊時，突然聽到旁人聊到一件趣事，令我忍不住微笑或彈手指——像靈機一動般——我就會拿出索引卡快速記下來。

我現在手邊就有一張索引卡，上面潦草寫著，「潘美，黛咪．摩爾（Demi Moore）。」這寥寥幾字令我想起去年，就在潘美過世前六個月某天的情景。

2 位於加州馬林郡（Marin County）的羅斯溪谷（Ross Creek）。

我們走出屋子到她的花園。天空晴朗無雲，草木青翠，花朵盛開。她戴著薰衣草紫小棉帽，狀況還不錯，只是生命快走到盡頭了。（我父親的腫瘤科醫生有次對他肯定地說：「你是一個非常、非常健康的五十五歲男人，只不過，你得了腦瘤。」）我們身穿短褲和T恤躺在躺椅上，一邊吃著小根的萬聖節巧克力棒。潘美兩歲大的女兒羅貝卡（Rebecca）則坐在紅色的小推車裡，讓山姆拉著繞花園玩。

「我有點沮喪，」潘美說。不久前的一天，她說只要想到羅貝卡，便會讓她真的、真的很沮喪，但同樣只要想到羅貝卡，也能讓她真的、真的很快活。「我實在很沮喪。」她說。

「我不明白為什麼。」

「這塊銀色襯布是做什麼用的？我今天好像一點也想不起來。」

「這塊銀色襯布是為了讓你不用再看到黛咪．摩爾的懷孕裸照。」

她以真心驚異的表情望著我一會兒。「老天，」她說，「太扯了——我根本從沒覺得那有什麼大不了的。」接下來的一整天，她又恢復原本的風趣，愉快地跟小孩和我待在一起。

你大概會想，這段情景如此難得，我應該會永生難忘。我過去常認為，如果某件事真的很重要，我就會如所有正常人一樣把事情記在腦裡，等回到家記在筆記上為止。

但我沒有。

實際狀況是，我回到家，腦海盤繞著我之前想到或聽到的完美景象或句子，它們能將我的故事角色從山丘老屋裡的宴會帶到他們上班的第一天，或帶回他們兒時的玩具屋，或者他們認為自己接下來該去的任何地方。我會站在原地試圖捕捉那個景象和句子，就像嘗試回想一個夢境般，你感覺自己瞥見它了，也知道它就快從內心深處浮出來，但你卻無法再抓到它。那個景象已經消失無蹤。**這是我所能想到最糟糕的感覺之一：當你腦中閃現一段奇妙的情景、句子、一個領悟，或幻想，你明知自己擁有，接著卻搞丟了。所以，我現在會用索引卡。**

索引卡能帶你脫離靈感枯竭，熬出一個又一個該死的字

在你準備好動筆時，可能發生的狀況之一，是你開始用作家的方式思考，將一切視為題材。有時，你會坐下來或踱步思考作品的某部分，或為一小段場景想到某個點子，或正在描寫其中一個角色大致的面貌，要不然就是腦袋完全卡住，垂頭喪氣，心想自己幹麼不乾脆用貓食盆痛飲一杯沒冰的琴酒。接著，你腦中突然不知從哪裡冒出一個想法或景象。有些景象會像可愛的鮮橘色金魚般，輕巧地游進你的腦袋，於是你追隨它們，有如一個原以為水族館大魚缸裡沒有魚的小孩般緊盯著它們。有些景象則像小說《梅崗城故事》（*To Kill a Mockingbird*）中足不出戶的布・萊德利（Bo Radley），悄悄從陰影裡現身，令你不由得暫停呼吸或倒退一步。這些不請自來的想法通常如此清晰鮮明，似乎令人難以忘懷。但我建議還是你先把它們全記下來。

我有好幾個作家朋友從不記筆記，他們說，與其像在上課般記筆記，還不如好好**傾聽**。我想若你擁有那種腦袋，能把所有富創意的要緊想法牢牢記住——也就是說，若你的腦筋仍正常運作的話——那麼你很幸運，但如果我們其他人不想理你，也沒什麼好訝異的。我的確有位作家朋友（我想我應該很快就會把他從朋友名單中剔除）不久前告訴我，假使你一回到家就把某個點子忘得一乾

二淨，就表示它並不是很重要。當時我聽到這番話，覺得自己彷彿又回到八歲——每當有一件重要的事想說，它卻突然像兔子般一躍跳進我腦袋裡的某個小洞，消失無蹤，身邊的大人便得意地說：「好吧！那一定不是什麼了不得的事。」

所以，你必須確認自己對這種狀況有何感想。你也許記性很好，仍能牢牢記得三小時前在爬山或牙醫候診室等待時想到的點子。但你也可能會忘得一乾二淨。所以若做筆記能幫助你的記憶，不用感到彆扭，不妨去做。這不算作弊，也跟你品格無關。若你的記性有一點點混亂，或許只代表你稍微有些退化。原因可能是年輕時嗑的藥，或是你二十年來每天吸食但未成癮的大麻，也可能因為你生過小孩。生產時，小孩的拳頭會緊抓著你五分之一的腦袋一起出世，就像那些出生時拳頭抓著子宮內避孕器的嬰兒般。無論原因為何，容許自己做筆記是件好事。

我處理索引卡的方式談不上有效率或有組織。一些愛挑釁和作對的學生會逼問我如何處理全部的索引卡。我唯一的回答是，我買下它們，在上面做筆記，**把我想到的一切記下來，我就有百分之五十的成功機率能把卡片內容歸入腦中的記憶庫。**若我正在寫一本書或一篇文章，之前也已在索引卡上寫了些筆記，我便會把它們放在一起，將卡片釘在其中一頁草稿上，提醒我記在卡片上的那個想法或景象能為此頁內容注入活力。或者，我會將索引卡跟我正在寫的一個特定章節或一篇文章全堆在書桌上，方便我察看。當我思緒打結或迷失，或是腦中開始響起隆隆的叢林鼓聲，宣告戰舞即將登場，而我根本不知道自己在幹麼，靈感也已枯竭時，我便會翻閱索引卡，看看之前是否曾寫了一篇短文，能把我重新拉回到寫作上，給我一點點自信，幫助我寫出一個又一個該死的字——不妨承認吧，那些字可是千辛萬苦熬出來的。

檸檬水索引卡：一段令我極其辛酸的回憶

我的書桌上有好幾張索引卡，記錄了我每個星期想到、看到、記起，或無意間聽到的事物，也有幾年前寫的索引卡，其中一張甚至是在六、七年前寫的。當時我正在舊金山附近的索沙利托和磨坊谷間（Mill Valley）的鹽沼散步。單車騎士從兩側掠過，我並沒有太留意，直到突然有名婦人騎過，身上飄散出檸檬的香氣。一瞬間勾起了我那些普魯斯特式的嗅覺回憶之一，時間回到大約二十五年前的一個炎炎夏日，我跟姨媽和她的幾個小孩，即我的表弟妹們，待在她的廚房裡。那時我年約八歲，是所有小孩中最年長的。姨媽和姨丈剛離婚，她既悲傷又憂慮。我想她是為了安慰自己以及受創的自尊，才出去遊街血拼，在商店花了好幾塊美金買了一台檸檬水調製機。

當然，要做檸檬水，你只需要一個大水罐、一個榨汁器、冰塊、水、檸檬，和糖，就這樣。對了，還需要一根長柄湯匙。姨媽有點沮喪，她大概覺得這台檸檬水調製機是個有趣的產品，或許能稍微滋潤她的人生，為她乾涸的心靈注入美味、清涼、甘甜的檸檬水。這台檸檬水調製機包括一個玻璃大水瓶，瓶頂附有榨汁器和一個盛接檸檬原汁的盒子。作法是在大水瓶裡加滿水、冰塊和糖，將榨汁器及盛接盒裝在瓶頂，把檸檬放上去榨汁，再將盛接盒裡的檸檬原汁倒進水瓶，然後拿一根長柄湯匙攪拌均勻。檸檬渣籽會留在瓶頂的榨汁器內。整個過程非常有效率，但你也會覺得太多此一舉、太愚蠢了。

正因為這個調製機，所以我和五個表弟妹全在廚房，站在水槽邊圍著她，看她得意地調製檸檬水。她將冷開水倒進水瓶，加入冰塊和大量的糖，將瓶蓋蓋好，榨了好幾個檸檬，再將玻璃杯一個個從櫥櫃拿出來。等等！我們幾個較大的孩子很想開口大叫，妳還沒把榨出來的檸檬原汁倒進水瓶呢。停下來！妳做錯了！但她只是繼續拿出玻璃水杯、塑膠杯、幾個閃亮的鋁杯，倒了七杯檸檬水。我們六個焦慮不安的孩子幾乎停止呼吸，只希望一切都會安然度過，她也不再悲傷。她舉起手上的杯子，跟我們乾杯，我們也全喝了自己手上的那杯冰糖水。姨媽因為之前又切又榨了那麼多檸檬，沾得滿手都是，所以檸檬的味道一定噴到了她。我們一邊無助地望著她，一邊喝光糖水，然後像在拍軟性飲料廣告般微笑著舉起杯子，再要一杯。

我在鹽沼散步時，姨媽鋪在廚房地板上的舊油氈歷歷在目，那塊褪色的棕色油氈布滿黑色斑點，靠近水槽處幾乎完全變成黑色，快磨破的地方則隱約露出腐朽的木頭地板，還有那些表弟妹，其中幾個年紀還小，跟著我們幾個較大的孩子圍在姨媽身邊，他們大概覺得冰糖水跟真正的檸檬水一樣好喝。我也想起當時感覺跟表弟妹們很親，同是那個小圈圈的一員。

這段記憶令我感觸良深，那塊舊油氈、姨媽的傷痛、她以那台檸檬水調製機為傲的神情、我們那段期間如何試著自我安慰、她想為我們調出更好喝的檸檬水的心意、我們期盼她好過一點的渴望，還有當我們喝光並像慕尼黑啤酒節的酒客舉起啤酒壺般要求續杯時表現出來的熱切，都令我感到辛酸。然而二十五年來，我完全沒有想起這段回憶。

如今，我可能不會把它用在我的任何作品中。索引卡上只寫著「調製檸檬水的事」。但它就像一部電影的片段，一段遭逢變故的家庭勉力度過難關的插曲。它也是那些難能可貴的時刻之一，即當人們的心因失望與愛而敞開，過了一小段時間、排除萬難之後，一切變得多少還算不錯。

靈感總是出現在最詭異的時刻：和狗玩、付電費帳單時

——我求求你，趕快拿筆寫下來！

有時我開著車，腦中會突然出現幾個句子，為我解決某個表現手法上的難題。我可能之前花了整個上午的時間，反覆思考如何避免採用老套的電影表現手法，例如月曆一頁頁翻過去，或時鐘指針一分一秒移動，來代表我的故事角色度過了時間。這類電影手法難以用文字適切呈現。當你閱讀別人的作品，看到作者加了一個精確的細節，因而讓你知道隨後故事情節會快速推進，也許是季節轉換、小孩開學，或鬍子變長，或寵物變老；這種感覺很奇妙。然而有時你在撰寫自己的作品時，卻想不出辦法來表現時間在無形中度過，但光是坐在桌前苦惱地瞪著之前寫下的文字，期待這樣它就會趕快自己變出辦法解決，是沒有幫助的。反而是在和狗玩耍或在付電費帳單時，你可能會突然抬起頭，感覺腦中似乎有某個或許真的很重要的靈感閃現，只是你無法精確捕捉。那就像

看著某人有如缺氧的魚一次又一次地浮到表面換氣，只要你一直待在對方身旁，有時他或她便會眨眨眼清醒過來。因此，若你保留一點開放空間，可能就會有個影像翩然而至。接下來，拜託你，趕快將它寫下來。

此刻我手邊有張索引卡，上面寫著：「過了六年，生魚塊的記憶依然不斷困擾她。」我想這或許可以用來當一個很棒的轉折句，但我到目前為止都還沒找到適用它的地方。如果你剛好有，歡迎你採用。

我最後扔掉了很多索引卡，不是因為我已經將卡片內容用在某部作品的一個段落，就是因為我最後發現那個想法一點也不有趣。我在三更半夜寫的很多索引卡通常語無倫次，有如某個聰明無比的數學系學生在吸了迷幻藥後思考橘子或真理。有些卡片寫著我跟學生分享的格言佳句，但很不幸的，我常忘了註明它們的出處。例如這句：「我們即將面對的和我們曾經歷過的，跟現在存於我們內心的相比，都顯得不重要。」目前我幾乎可以肯定這句話是愛默生（Ralph Waldo Emerson）[3]說的，但幸運的是，某位評論家曾指出它其實出自喬琪·莫斯貝奇（Georgette Mosbacher）[4]之口。（「評論家總是在戰鬥結束才來到戰場射殺傷者。」這句話又是誰說的？我曾將它寫在一張索引卡上，現在不知道放到哪兒去了……）其他卡片則堆成一疊一疊或散置各處，跟我同居。等我死後，處理它們的任務很可

3　1803～1882，美國超驗主義詩人、散文 作家、思想家，在 1837 年發表的著名演說辭中宣告美國文學已脫離英國文學而獨立。著作包括《論文集》（*Essays*），《詩集》（*Parnassus*）等。

4　貝佳斯（Borghese）化妝品公司現任總裁，著作包括《親愛的，那是要花錢的》（*It Takes Money, Honey*）、《女性力量》（*Feminine Force: Release the Power Within to Create the Life You Deserve*）等。

5　賈桂琳·甘迺迪的表親。母女倆跟一群貓和浣熊同住在紐約東漢普頓的一棟大宅，她們的生活曾拍成紀錄片《灰色花園》（Grey Gardens）。

能落到我兒子身上。它們跟我的關係，就像精神有問題的波維爾母女（Edith Ewing Bouvier 與 Edith Bouvier Beale）[5]跟她們的貓。但我的卡片可一點也不臭，也不會隨地便溺，所以我想山姆應該會覺得它們很容易處理。大多數卡片對他來說沒有太大意義。其中不少只寫了一兩個字，但足以令我想起整個場景和情節，但他卻只會猛搔著頭，大惑不解。

不過，他也會發現一些卡片標示的日期在九〇年代，內容描述他如何令我印象深刻，並讓我驚奇又寬慰地搖搖頭的完整經過。例如這張標著一九九三年九月十七日的卡片：

晚餐後，山姆跟我陪著比爾（Bill）和艾黛兒（Adair）走到他們的車旁。那是個滿天繁星的乾冷夜晚。比爾抱著山姆，深吸了一口氣說：「空氣聞起來很棒，不是嗎，山姆？」山姆像聞到香噴噴的食物般，也深吸了一口氣，然後抬頭望著天空說：「它聞起來像月亮。」

如今這段記憶將會永存。我不確定以後是否會用在作品中——事實上，我想我剛剛已經用了——但我知道它將會永遠保存下來。

另一段也將永遠留存的記憶，是我和山姆某天凌晨在急診室度過的所有細節。當時山姆的氣喘第一次發作，我們倆既難過又害怕，而且不清楚接下來會怎麼樣。山姆戴著氣霧機，有個罩子罩住他的嘴巴和鼻子，我則坐在他的床邊，心裡一面想，如果出門前記得隨手帶個小玩具就好了。於是我翻翻皮包，找到一小盒餐廳送的蠟筆，以及兩張用過的索引卡。其中一張列了購物單，另一張則是關於天空的簡短描述。

我在兩張卡片空白的那面各畫了一個可怕的巨人，罩著面罩吸藥劑噴霧的山姆則一臉恐懼地望著我。緊接著我在兩個巨人的右手處各挖兩個小洞，再拿兩片醫用壓舌板穿過去，然後演出一場激烈的擊劍大戰。山姆的雙眼睜得大大的，露出微笑。過了好一會兒，他終於又能順暢呼吸，醫生也准許我們回家了。在我們離開前，我將巨人手上的劍拆掉，把那張列了購物單的卡片塞進我的後口袋，並在另一張卡片的背面快速寫下這段經歷。

Chapter 20

打電話找人談談

Calling Around

長時間獨處寫作容易讓人心智扭曲，
我鼓勵你不妨找個健談的人煲電話粥，
讓自己放鬆一下，
或許還能從對方身上獲得許多題材。

外面有很多人擁有極其寶貴的資訊能與你分享，你唯一要做的就是打電話。他們會很高興你這麼做，就像若有人問你能否告訴他或她某件事，你也會很樂意分享。（也許你跟我一樣，意見多多，而且一講起話來便慷慨激昂。）比方說，你知道很多跟打繩結、企鵝，或乳酪相關的資訊，又碰巧有人希望你將所知的一切告訴他或她，這是一種美妙又難得的經驗。

但發生在現實生活中的狀況，往往是有人問你問題，你卻不記得答案，例如你之前去廚房拿什麼，或一七七六年七月四日發生什麼事，於是你茫然坐在原處，心想，「天哪，我是知道的啊，我可以感覺答案已經到嘴邊了，我想想

——好，等等，美國憲法誕生？不對，等等，可惡，我應該知道才對……」但是，若你的確對某事略知一二，遇到他人對你提出相關問題便是一件樂事。

把打電話找人聊聊列爲工作內容

——這能協助寫作者放鬆心神、挖出新題材！

除了獲得資訊，我鼓勵你打電話找人談談還有另一個重要理由。若你拿起電話前正坐在電腦前寫作，不妨考慮將打電話找人當成那天工作內容的一部分。這並不是一種逃避。身為寫作者，你肯定會長時間獨處——結果心智便很容易逐漸扭曲。若你的工作空間很小，你的腦袋可能會像驚悚電影《卡里加利博士的小屋》（The Cabinet of Dr. Caligari）的布景般開始收縮、喘息。於是你開始出現半瘋狂的徵兆——你可能會一直盯著**瘋**這個字，愈看愈覺得不對勁，跑去翻字典卻遍尋不著，於是便以為是你自己創造了這個字，接著你又注意到嘴裡長了個小瘡，就是那種會忍不住老是用舌頭去舔的小破洞，但你覺得傷口似乎有如碗大，便跑去鏡子前仔細察看，結果發現也不過是個小如針尖的白點。但接下來你轉念一想，你絕對是跟晚年的心理學家佛洛伊德一樣得了口腔癌，因為你太長時間獨處，因而立刻想到醫生會為了避免癌細胞侵蝕你那罹患強迫症的腦袋，不得不把你的半個下巴切除，以後無論去哪裡，你都必須戴著兜帽遮住整個臉，而且再也沒有人會想親吻你，不過他們以前也沒真的這麼做過。

我不認為出現那些妄想有什麼錯，只不過它們根本無法幫助你寫得更多、更順，所以你可能也會想辦法解決。若能找另一個人把你拉出長時間獨處的狀態，會容易得多。對於教養小孩，我絕對可以確定的一件事，是家長每天都得要求小孩守規矩——所以規定自己每天至少寫三百字很有用。但小孩每天也需要一小段放鬆的時間。因此不妨考慮打電話找人聊聊，讓自己放鬆一下。

實際狀況是，你總會寫到一個階段，卻怎麼樣都再也寫不下去，除非你得知你成長的小鎮在當年還有火車停靠時的景象，或鮑伯頭剛剪沒多久的模樣，或你的故事角色在美容學校上課的第一個星期會有什麼經歷。所以，不妨想想誰可能有這方面的資訊，然後打電話找他或她。**若你找到的剛巧是一個思緒敏捷又健談的人最好，這樣你便能從對方身上獲得許多題材**。再者，跟健談的人煲電話粥當然更有意思。但上述那些特質並不見得是絕對必要的，因為你可能不過是要找某一項特定資訊，或甚至只是一個詞，並不需要關於它的全部背景或趣事笑談。不過，結果也可能變成你原本只想問一件小事，卻挖到了你之前根本不可能得知的其他資訊。

比方說，我在寫第二本小說時，寫到男主角帶著香檳去赴他與女主角的第一次約會。他撕開瓶口的錫箔，而那雙大手漂亮、細長，方形的大片指甲有白色的月牙，幾乎跟他身上那件黃色人造纖維襯衫相搭，非常賞心悅目。情況對他有利，因為他帶了一瓶上好香檳，而女主角剛好喜歡飲酒。於是，他撕開錫箔，開始轉開固定香檳軟木塞的鐵絲。

那個鐵絲之類的玩意兒——那個小罩子——讓我思索了很久；正因為它有鐵絲，所以我認識的每個人都這麼稱呼它：「親愛的，你可以把香檳上面那個鐵絲之類的玩意兒拿掉嗎？我才剛修好指甲。」「噢，快看，史基皮（Skippy）在玩那個鐵絲之類的小玩意兒，希望牠的小嘴不會刮傷……」

但它該有個名稱吧？我的意思是，運到酒廠的紙箱上標示的名稱總不可能是「五百份鐵絲之類的玩意兒」。它們一定有個正式的名稱。所以我打電話去克里斯汀酒廠（Christian Brothers Winery），它的葡萄園位於加州中北部的俄羅斯河（Russian River）附近。我真的打了，但電話忙線。於是，我便坐在椅子上盯著空氣。我看著腦中播放我無數次經過那些葡萄園的情景，我還記得那些葡萄園彷彿是世上最欣欣向榮的地方，尤其在初秋時分：園中一片茂盛蒼翠，葡萄藤上結實纍纍，鮮美欲滴，散發一如往昔的秋天氣息，葉子則為它們半掩陽光。葡萄如此豐美圓潤，令你不禁欣喜讚歎。如果你一點感覺也沒有，或你只想到有人能因此獲利，或一個月後地上便全是腐爛的果實，那應該是之前有人把你腦子搞壞了。你必須恢復正常才能重新看見那些美景，看到葡萄彷彿散發出光芒，果皮上覆著如輕透白雪般薄薄的一層粉，就像是它們為自己撒上糖粉。

我將這些全寫下來，然後再打一次電話到酒廠，但依然忙線。我才剛掛上電話，一個朋友就打來，正要告訴我他最近遭受的重大情感創傷，但我說：「不要，不要，跟我談談葡萄。」我把之前寫下的東西唸給他聽後，他說：「沒錯，它們的確那麼美，真的像在發光。自然之母希望動物被果實的美迷住，引誘牠們去吃，再到其他地方排泄，讓大地更肥沃。」我也將這段話寫在索引卡上，而且感到心滿意足，即使我不見得能用到它（不過我剛剛用上了）。

最後電話打通了，接聽的是酒廠的接待員。我提出我的疑問，但她表示她個人向來也只用「那個鐵絲之類的玩意兒」稱呼它，所以她將電話轉給一位應該有兩百歲高齡的僧侶，或至少他的聲音聽起來很像；微弱、纖細、氣若游絲，彷彿剛競走完的挪亞。

他很高興我打電話來。他真的這麼說了，聲音聽起來也很愉快。我私下相信他之所以活得這麼久，就是為了等我打電話來，一答覆完我的問題，他便會掛上電話，露出微笑倒在地上。

「啊，」當我提出問題，他回答道，「那叫鐵絲罩。」

多充實的一天！我寫出一段葡萄園的描述，應該可以做為之後某段情節的背景。我應該思考一下自然之母如何完成她的工作，還應該寫下我的小說人物轉開鐵絲、拆掉鐵絲罩、砰一聲打開香檳的過程。

我無法告訴你在那本書出版後的十年間，有多少人跑來對我說，他們有多高興知道自己一直稱做「那個鐵絲之類的玩意兒」正確的名稱。好吧，事實上我可以告訴你有多少人：三個。但那三個人似乎真心高興自己納悶許久的疑問得到解答。好吧，我就老實招認，其中兩位是真實存在的人，另一個是我的老媽。我的意思不是說我媽並非真實存在的人，只是每當我拿我最新出版的書給她看，她總是默默無語，泫然欲泣，你可以分辨出她的感覺是，「噢，親愛的，這真的是你寫的嗎？」彷彿那本書是我親手刻在陶土板上似的——我想就很多方面來說也可以算是。

Chapter 21

為何要參加寫作班？

Writing Groups

寫作的職業傷害之一是全然的孤獨，
你一定會需要其他人的回應、鼓勵，和善意的壓力，
以及能支持彼此寫下去的夥伴，
我會鼓勵你加入寫作班，或自組寫作社！

別埋頭苦幹了，參加寫作班聽聽別人的意見吧！

寫作有很大部分牽涉到固定每天坐下來寫，吸收出現在你面前的所有人事物景，將它們全視為將送進磨坊的穀子。這是一種能有效安撫情緒的習慣，跟咬指甲一樣。你會旁觀一切在眼前發生、進行，天馬行空地想像、尋思，而非杞人憂天。當你在地鐵站看到境況潦倒的人，你會觀察他們的衣著、隨身攜帶的物品、言談方式等所有細節，而非避之唯恐不及。或許你從沒真的達到心裡想著「啊——原來從這個角度看，槍是這副模樣」的境界，但你仍會如孩童般盡可能吸收眼前的一切，而不會像大多數成人懷著偏見看世界。

當你經過一段長時間的撰寫、刪改、嘗試新方向和新結局，等到終於完成，你自然會想得到回應。你希望別人閱讀你的創作、知道他們對它的想法。我們是群居的動物，總會不停嘗試與他人有所聯繫和交流，但到目前為止，你一直獨自躲在家裡埋頭寫作。然而，若你花了一個月的時間才畫好一幅油畫，你並不會把它藏起來，而會想把它掛在眾人看得到的地方。因此，你可能會考慮參加寫作班或寫作研討會。

有心寫作的人在登記參加寫作研習坊或創意寫作班時，並不確定自己能獲得什麼。有些人想學習寫作或想寫得更好，有些人則已經寫了很長一段時間，因此希望得到一點回應。這些都是相當切合實際的目標。有一種人把寫作班或寫作坊當成夏令營，只想結識其他人或某位他或她尊敬的作家，藉此給予和得到回應與鼓勵，順便聽聽別人的經歷。有些人希望與他人分享失望、低潮，以及退稿信。許多人想研究別人的寫法，藉此幫助自己了解哪種類型的創作是他們所偏愛或無法認同的。還有些人則希望從不算是自己朋友或編輯的人身上，得到實際、坦誠和有幫助的回應。

不過，許多來我的寫作坊或寫作班上課的人，私心希望我會對他們交上來的作品大為激賞，並在課後把他們叫到一旁，告訴他們作品只需要稍微加快故事結尾的節奏，也許把描述凱美（Cammy）和鴨子的那一段縮短即可，接下來我們就寄去給我的經紀人或《紐約客》雜誌，或是諾普夫出版社（Knopf）的總編輯索尼．梅塔（Sonny Mehta）。我們會用傳真的；索尼比較喜歡這種方式。

但我告訴他們，這種事很可能不會發生。

你也許不時聽說有人在寫作研討會上被某位傑出的作家叫到一旁，告知他有多欣賞他們的作品，並適時提供關鍵性的協助。有時我在寫作坊的課堂上，也會把某個學生叫到一旁說：「你的這部作品寫得很好，不妨再花六個月試著加強，然後打電話給我，我們再看看。」但這種狀況很少出現。大多數時候，我所做的是聆聽、鼓勵、告訴學生我固定每天寫作的情況如何、哪些對我有幫助、哪些沒有。我指出我欣賞他們作品的哪些優點——例如氣氛營造得不錯和用字遣詞的技巧很好，也指出他們在情節處理上糾結混亂之處。你可以將我們——我和其他學生——視為醫生，而你則帶自己的作品來做身體檢查。我們能給你展示作品的空間以及些許善意的壓力，盼望幫助你完成作品，並上完整段課程。我們能給予你相當的尊重，因為我們知道你有成功的條件。

不要侮辱、貶低別人的作品，盡可能坦誠地提出意見即可

但我先警告你，你可能也會產生像把頭放進獅子嘴巴的感覺。創意寫作班和目前的寫作研習坊通常比寫作研討會來得溫和，但無論你參加的是上述哪一種，你都可能發現自己跟好幾個寫作者圍坐在桌前，而他們認為基於道德和美感，有必要把你的作品撕成碎片。最好的狀況是，他們會表示，假使你用過去式全部重寫，作品會更好，若你已經用過去式來寫，他們便會建議你用現在式，或嘗試用第一人稱。或者，若你已經用第一人稱了，他們會建議你用第三人稱。最壞的狀況是他們會表示看不出你有天分，最好從此不要再寫任何東西，甚至是你自己的名字。

我曾在我參與指導的寫作研討會中遇到學生哭著來找我，因為當天講評的名作家把他們的作品批得一文不值。我也曾看到學生因為其他與會者的嚴厲批評而深受打擊，覺得自己參加了《蒼蠅王》（*The Lord of Flies*）[1]式的寫作研習營。例如去年夏天，我便在一場頗負盛名的大型研討會中遇到完全失控的狀況。我跟當天的二十個學生坐在一起，聽其中一位唸幾頁個人的創作。他才開始寫作沒多久，作品頗具實驗性，寫得不太好，而且使用了大量的方言髒話。其他學生事先已經給他的故事頗高的評價，等他唸完，大家便提出意見。他們

1　諾貝爾文學獎得主威廉．高定（William Golding）的作品，描述一群空難餘生的孩童流落到無人的荒島，慢慢學會生存的技巧，但後來孩子們分成兩派，開始獵殺自己敵視的同伴。

提到自己欣賞的部分、認為他寫得很好的地方，以及一些處理得不錯的段落。他們表示，方言的運用的確有礙讀者的理解，但故事蘊含的真誠與情感令他們感動。我覺得他們的意見很中肯，甚至可能流露出幾分真情。於是，我也說了幾句勉勵的話，指出少數聽起來不合理的段落，推薦了幾個加快節奏的方法，並相當婉轉地告訴他作品還需要加強。作者提出幾個具體的問題，也獲得一些適當的建議。接著，一位始終沒有發言的年輕女子舉起手。

「是我瘋了嗎？」她懇切地說。「是我的精神有問題嗎？難道我是這裡唯一覺得這部作品徹底失敗的人嗎？有人認為它裡面有任何可信的角色、任何有意義的場景描述……」她繼續說著，我們則出神地盯著她，彷彿被響尾蛇的雙眼催眠，一動也不動。但她講的大部分是事實。

她一說完，便以熱切和懇求的眼神望著我，我也回看她，一邊尋思該如何處理這個狀況。大家都默不作聲。

「他應該全部重寫嗎？」我問。

「我認為大家都在保護他。可是如果沒人跟他說真話，他就不會進步。」她哀叫道。

「但你所認為的真話只是你的個人意見。」

那篇故事的作者掃視著天花板，彷彿聽見蚊子靠近的嗡嗡聲。其他人則滿懷期待地看著我。我的內心一方面能理解那位年輕女子的感受，她要把那些話說出口，需要很大的勇氣。但另一方面我又很想把桌子的一條腿拆下來，朝她揮舞，假裝要揍她一頓。我知道她寫得比他好，因為幾乎所有人都寫得比他好。我試著深呼吸，並提醒自己沒出過書的寫作者需要的是什麼，以及他們參加這些寫作研討會的目的。他們需要關注。他們需要有人盡可能坦誠的回應，而非侮辱或貶低他們的作品。因此，我的意見主要集中在一個事實，即作者嘗試了如此困難的寫法，是一種冒險。我告訴他，最好的可能因應之道是大膽嘗試，不怕犯錯，這樣等到他年紀大了，或生命快走到盡頭時，他幾乎可以確定自己不會說：「老天！我真高興自己很少冒險！我真高興自己總是選擇最保險的方式！」我要他繼續努力，把這部作品再寫一次，然後去寫其他創作。

我當著全班的面告訴那位年輕女子，她能把剛才的話說出口，實在很有勇氣。後來她跑來找我，問我是否覺得她很可怕。我告訴她，我認為她很坦誠，這點絕對值得稱讚，但是，**你毋須總是揮舞著真理之劍砍殺，也可以只拿劍指著對方。**

研討會結束很久之後，我讀到比爾・霍姆（Bill Holm）[2]的一首詩。我很想寄給那名年輕男子，但我沒有他的地址。那首詩的標題為〈亞伯達瓦特頓的八月〉（*August in Waterton, Alberta*）：

我頭頂上，風竭盡力氣
提早一個月
吹下白楊樹的樹葉。
徒勞的風。你唯一的成就是奏出
愈漸優美的挫敗之樂。

提醒你，有些研討會和寫作課程可能毫不留情，而且競爭激烈，你或許還不想或尚未準備好面對最苛刻的批評。但是，若你的確需要回應、鼓勵、善意的壓力，以及其他同好的相伴，不妨考慮自組一個寫作社。

自組寫作社，找到能支持彼此寫下去的夥伴！

有好幾個在我班上相識的學生，後來各自組成了包含三到四個人的小團

2　1943～2009，美國作家，著作包括《歸鄉喜若狂》（*Coming Home Crazy*）、《奇異島》（*Eccentric Islands*）等。

體，在每個月的星期四或最後一個星期天或任何方便的時間聚會，至今已持續多年。由於要聚會討論，所以他們事先必須寫出相當數量的創作。再者，寫作的職業傷害之一是某天你會遇到特別不順的狀況，寫作社能讓你感到自己不是全然孤獨，還有其他人陪伴你。但若你跟其他同好談起寫得不順的狀況，不妨記得，那種感覺也屬於寫作過程的一部分，是無可避免的。

寫作者在討論自己的創作時通常會表現得很偏執，那是因為沒有人，包括我們，真的理解它是如何寫出來的。但若有一個已得到你信任，而且坦誠、慷慨、不會澆你冷水的人，能在你需要打氣時容許你打電話找他，會有很大幫助。在你情緒低落時，就連開玩笑說你未來七年內有可能被隕石打到之類的話都不想聽到。**在感覺不順的日子裡，你也不想聽太多建議。你只需要一點點同情和肯定。**你需要再次感覺到別人對你有信心，而你的寫作社通常能給予你這些。

該如何組一個寫作社？方法之一是參加創意寫作班，詢問你最欣賞其創作的人，看對方是否也同意每個月聚會一次，讀讀彼此的作品，給予支持和鼓勵，聊點八卦，討論一下大致的寫作心得。他們也許會拒絕你的提議。接下來你可以打電話給基沃肯（Jack Kevorkian）[3]醫生，看他是否願意幫你擠進等待安

3　美國病理學家，有「死亡醫生」之稱，自 1990 年代開始協助他人自殺。

樂死的病人名單，或者你也可以繼續嘗試，直到找到兩三個人願意試試寫作社的功效。

我的一些學生會在布告欄和地方小報登啟事，宣布要組一個以寫作新手或有小說想出版的寫作者為主的寫作社。他們當中有很多人，最後都成為運作良好的社團成員之一，也從中獲得極大的快樂和支持。我的新時代信徒朋友們聲稱，他們只是「向全宇宙宣告」，便組成了社團。我很喜歡這種說法，我總會想像宇宙一聽到宣告，便趕忙飛快地翻查它的小名片盒，好跟著加入那些全跑去組活躍的寫作社的朋友們。所以，誰說組寫作社很難辦到？

我有四個學生在我指導的其中一個寫作班相識並組成一個寫作社，這三名女性和一位男性的定期聚會至今已持續四年了。我常看到他們坐在書店或咖啡館的桌前，身旁擺著一杯葡萄酒或咖啡，仔細閱讀彼此的創作，給予批評和鼓勵，提出疑問，一起思考接下來該怎麼做。他們並沒有真的交換修改彼此的稿子；這點我們將在下一章細談。不過，他們都會靜靜聆聽各個成員朗讀創作，並支持彼此繼續寫下去。

有時他們會來上我其中一個寫作班的課，就像高三學生偶爾會跑去參加高一的棒球校隊練習般。他們會為新生打氣，告訴新生加入寫作社有多棒，他們如何彼此關照，以及寫作社如何協助他們完成創作。他們從原本緊張、有點自負、孤單、有心寫作的四個人，轉變成在我們周遭無論由誰組成的那些奇特小團體之一。他們以溫和的態度對待彼此，和當初在我班上時相比，他們每個人如今看起來都不再那麼膚淺和冷漠，因為互相幫助使他們更懂得體諒。體諒是一種顯眼又脆弱的東西，它不會自我保護，也不會躲起來。它會顯露，讓人看到心靈的脈動，有如嬰兒的囟門。你可以從他們身上看見如此脈動。

他們四位都是優秀的寫作者，但當中只有一人的創作會刊登出來，而且只是一篇文章。但你知道嗎？他們互相欣賞。經過這麼多年，他們依然期待每一次聚會。因為透過研討彼此的創作，他們成為更好的寫作者和更好的人。當有人三不五時想放棄寫作並脫離社團，幾乎至少總會有一名成員狀況良好，能提供協助。至今他們都能說服彼此堅持下去。例如，其中的一位成員，即文章曾獲採用的那個人，上星期打電話告訴我，她很想放棄寫作，因為自從那篇文章登出後，她已經一連好幾個月沒有任何作品被採用。她以小驢子屹耳（Eeyore）[4]式的哀怨語調說，她認為自己現在又能安心碰酒了，因為她戒了七年的酒，已經懂得節制，而她認定我也行，因為我也戒酒七年。她計畫開車過來載我和山姆，隨處逛逛直到找到一家有托兒服務的機車族酒吧為止。

4　迪士尼卡通小熊維尼的朋友。

我以諒解的語氣提醒她，她以前也曾遇到這種狀況。短文，我輕聲說道。拙劣的初稿，她喃喃說道。我問，她的寫作社有沒有人能幫上忙。但她回答，沒有，她不能打電話給他們；她知道他們都寫得很順，一整個星期也過得很愉快，況且他們很可能沒有通知她就每隔幾天聚在一起，交換各自最愛的可笑八卦，全都跟她有關，邊聊邊不以為然地翻白眼。

我要她坐下來，寫出自己的感受，這樣或許她的孤獨和偏執最後就會變成絕佳的寫作題材。她說她並沒有偏執，只是怕她的所有朋友會形成小圈圈，聚在一起說她的壞話。

就在此時，她有另一通電話進來。結果是她寫作社的成員之一，對方正好也非常沮喪，於是，她問我是否可以晚點再打電話給我。但接下來一整天，我都沒有接到她的來電。最後我打電話給她，怕她把自己關在車庫緊閉的車子裡，開著引擎，播放萊絲麗・高爾（Leslie Gore）[5]的老歌錄音帶，吸廢氣自殺。但結果，之前打電話給她的那個人狀況**真的**很糟，沮喪到極點。他是一個文筆優美、有趣的寫作者，小時候曾遭到殘酷的虐待。她對他深具信心，便鼓勵他，為他打氣。等他們一講完電話，她就回去寫自己的書，一直寫到我的電話打斷她的工作為止。

5　1946～2015，美國歌手暨作曲家，走紅於1960至1970年代初。

Chapter 22

讓別人讀讀你的稿子

Someone to Read Your Drafts

寫作者難免會陷溺在自己的主觀意識裡，
所以你必須找一位劊子手，
用客觀的角度來審視你的作品，
你才會對自己的作品在別人身上產生的效果有具體的概念，
也會比較明瞭該如何修改草稿。

《紐約客》雜誌曾登出一幅漫畫，在熱鬧的雞尾酒會上，兩名男子坐在長沙發聊私房話。其中一位留著大鬍子，我猜想應該是位作家。另一位則像普通人。那個看似作家的人對另一人說：「我們之間的差距依然很大。我要求六位數的預付版稅，而他們則拒讀我的手稿。」

好，就算我猜錯了，但我敢說這傢伙在找到人採用他的稿子前，從沒向其他寫作者證明他真的值得那個價碼。我敢說他認為自己高明到沒必要這樣做。

每當我在寫作研討會上演講，並剛好提及找別人讀你的稿子的好處時，至少會有一個比我更早受到肯定的作家跑來告訴我，他或她即使過了一萬年，也絕不會在自己的作品定稿前拿給別人看，這不是個好主意，要我應該別再告訴學生這麼做對他們會有多大幫助。

而我只是像個藝伎般溫順地微笑著，故作熱切地表示理解。但之後我會繼續告訴別人，不妨試著找個願意讀讀草稿的人，設法請對方提出有用的建議。那個人也許不見得能確切點出你的作品缺少了什麼，或哪個部分不對勁，反正寫作總免不了犯錯和感到困惑。**要妥切陳述一個故事，很可能有千百種方法，另一個人或許能讓你知道自己用的方法是否合適。**

我的意思不是要你跟另一位寫作者關在小房間裡並肩寫作，像在學校美勞課用馬鈴薯刻印章時，以窺看你的小孩學寫自己名字的方式偷瞄彼此的創作。我的意思是，在你認識的人當中，或許有個人——可能是你的另一半，或某個親近的朋友——願意讀讀你完成的草稿，並提出坦誠的批評，讓你知道寫得好和不好的地方，給予你建議，告訴你哪些需要刪除或詳加說明，以及如何加強你的作品。

我寄出作品給編輯之前，一定會先給一個朋友看過

——被朋友嫌棄，總比被編輯退稿好

二十年前，我在唐納・巴撒美（Donald Barthelme）[1]的首部短篇小說中讀到一段話：「真相難以獲得，也難以丟棄。」當你耗費了彷彿一輩子的時間寫一部作品，最後終於完成了，你拿給某個人看，期盼得到對方的肯定，但這個人卻告訴你它還有待加強——我了解那種感覺有多痛苦，當下會讓你覺得必須重新評估這個人的品格，而且如果他或她不是你的另一半或一輩子的好朋友，你就會考慮是否決定要對方永遠別出現在你面前。在大多數狀況下，我認為比較妥當的第一反應是別做這種決定。因為過了幾秒鐘後，你可能會奇蹟似地出現一個想法，即你的生命中有一個人，他或她欣賞你（畢竟，這個人愛你和你的作品），會跟你說真話，幫助你遵循正道，或在你迷失時幫助你找到正確的方向。

在我把作品寄給編輯或經紀人之前，我總會先拿給兩位朋友的其中一個看。我覺得這樣比較保險、比較有安全感，而且這兩個人幫助我將腦中的許多好點子和想法付諸文字，他們就像接生婆。我腦中孕育著這些故事、想法、場景、記憶和情節，只有我才能把它們生出來；當然我也可以自己來，但有人幫忙會容易得多。我的一些女性朋友選擇自然生產——不服止痛藥、不打止痛

1　1931～1989，美國記者暨後現代主義作家，著作包括《白雪公主後傳》（*Snow White*）、《短篇小說集》（*Sixty Stories*）等。

針、什麼都不用——他們私下認為這是一種較真實的生產經驗，但我覺得半身麻醉以及西方世界的許多重大發明，例如小兒麻痺疫苗和超市沙拉吧，現在都很容易取得，何不好好利用？不過這是兩回事；適用於我的，並不見得也適用於你。我從跟我關係親近的人身上得到回應，能給予我信心，或至少給予我改進的時間。不妨想成在你出門參加宴會前，家裡有個人能先幫你檢查一下，確認你真的看起來很美，或相反的，你身上的洋裝或套裝讓你顯得比平日胖了一點點，或者是那件紅色衣服使你看起來有一點點像煮熟的龍蝦。當然你乍聽之下會大失所望，但接著你就會想，幸好還沒出門，仍有時間換掉。

我所認識最優秀的作家中，有一位會請自己的太太閱讀他的所有作品，她會指出自己喜歡或不喜歡的部分，以及原因為何。她在他的寫作過程中，幾乎是一個與他平起平坐的夥伴。我認識的另外兩位作家則互相幫忙。就如我之前提到的，我有兩位朋友幫忙讀我的草稿。其中一位是作家，不僅是我的好朋友之一，可能也是我所遇過最神經質、心理問題最多的人。另一位則是圖書館管理員，每週會閱讀二到三本書，但從沒寫作的經驗。我的做法是反覆在一部作品上下工夫，直到感覺它差不多完成了，便寄給兩個朋友當中已事先同意閱讀的一位。

我總是透過聯邦快遞寄出我的作品，因為我對郵寄沒什麼耐性。寄出去的第一天，若我到中午還未接到朋友的來電，我就會整天豎起耳朵等待、來回踱步、偏執狂發作，而且覺得對方待我很壞。我自然而然猜想朋友認為這部作品是垃圾，只是不敢告訴我。然後我會想到他們兩人有多少令我厭惡的缺點、我有多痛恨他們、難怪他們都沒有很多朋友，諸如此類。接著電話鈴響，他們通常會說一些「我認為它會很棒，真的寫得很好，但我也覺得當中有幾個問題」之類的話。

此刻，由於我已經聽到他們說這部作品會很棒，也鬆了一口氣，於是我通常會放開心胸接受建議。我會愉快地詢問他們，哪些部分還有改進的空間。這是情況可能變得有點危險的時刻。他們也許會說作品前半部的節奏太慢，令他們無法融入，但到了第六或三十八頁，或任何一頁，終於有些進展，接著他們就讀到手不釋卷了。他們絕對是迫不及待地讀完剩下的部分，除了覺得結尾可能有一點小問題，同時他們也納悶我是否真的了解某個角色的動機，以及我是否願意花——喔——不用多，五分鐘就好，重新思考這個角色。

若他們提出許多建議，我的第一反應絕不會是深感寬慰，因為這世上有人肯對我說真話，幫助我寫出在我能力範圍內最好的作品。我第一個想法是，

「好吧，真抱歉，只是我不可能再跟你做朋友了，因為你毛病太多，個性很差，品格也不怎麼樣。」

有時我根本說不出話，因為我太失望了，就好像他們說的是山姆很醜又無趣，而且被寵壞了，我應該把他送走。一般人很難接受批評。然而，當任何一位朋友嚴詞批評我的作品，這便代表對方也跟著我將作品一頁接著一頁、一行接著一行地仔細看過，而我通常會以又快又尖的聲調反駁，告訴他們那些修正是沒必要的，一切都很完美。但這些朋友總會說服我，跟他們一起在電話裡審閱整部書稿，如果我依然堅持，他們也已經找出好幾個可以更加強、更好笑，或更真實、更有趣，或能夠不那麼沉悶的地方，甚至還可能想出該如何修改這些地方之類的點子。討論到最後，我會大大鬆口氣，甚至心懷感激。

在一個可靠的旁人給了你這類回應後，你才會對自己的作品在別人身上產生的效果有具體的概念，也會比較明了該如何處理定稿前的最後一份草稿。若你準備好首次將作品寄給某個可能的經紀人，那麼你絕不想冒著從此被拒於大門之外的危險，把還不夠好的作品寄給對方。

你必須盡可能把自己的文章或小說修改到最好。有時也許只需要細微的調整，或重新全面思考某個角色。有時朋友會很欣賞你的寫法和題材，但覺得離定稿還早得很。你很可能會因此深感失望，但由你的朋友或另一半來告訴你，總比聽到經紀人或編輯這麼說要好得多。

我某次聽到瑪麗安．威廉遜（Marianne Williamson）[2]說，當你請求上帝進入你的人生時，你會想像祂將進入你的心靈之屋，四處打量後發現你只需換上新地板或較好的家具，再打掃一下即可——於是最初的六個月你便照著做，並覺得有了上帝，人生多美好。但有天你從窗口望出去，卻看到拆屋用的大鐵鍊球正在屋外準備動工。事實是上帝認為你屋子的整個地基都壞了，必須全部拆掉重建。當你將自己的作品，例如小說，拿給別人閱讀，就有可能遇到如此狀況。這個人或許喜歡它，但也認為它一團糟，需要再費很大的工夫修改，甚至全部重寫。

找到願意讀你草稿的夥伴之前，要勇於當隻打不死的蟑螂

學生問我，我如何找到這類夥伴？答案是用你找人合組寫作社同樣的方式。兩者唯一的差別是你並非找一群人，而是只找一個。若你參加了寫作班，

2　1932～，心靈成長書籍作家暨美國「和平聯盟」（Peace Alliance）創辦者，著作包括《回歸本質：創造二十一世紀新世界》（*The Healing of America*）、《發現真愛》（*A Return to Love*）等。

不如在班上搜尋是否有個程度與你相當、你也很欣賞其作品的人，接著不妨問對方是否願意找個時間跟你喝杯咖啡，聊一聊，看看兩人能否互相合作。你可能會覺得這有點像開口問人是否願意跟你約會，說不定還令你想起七、八年級時所有最難堪的經驗。

若對方拒絕，最好等你回到自己車上再完全崩潰；到時候你想撕開衣服、哀嚎痛哭、尖聲狂叫都行。當然，你很可能會想先確認那個人沒有尾隨你走到車旁。不過若他或她真的看到你崩潰，也沒關係，反正你從此也沒必要對他或她友善。那傢伙是個混蛋。於是你連續兩三個星期把看心理醫生的時間增加一倍，直到你重新振作，再去問另一個你更喜歡的人。

若你確知某個聰明有禮的人欣賞你的作品，不妨詢問對方是否願意讀讀你寫的小說片段或你最近完成的短篇故事。若這個人也寫作不妨問對方是否也願意讓你看看她的草稿。若她都拒絕了，還是要裝出友善的樣子，這樣她才不會比之前更看輕你。接下來你可以搬到你的心理醫生住家附近的拖車營區，直到你再度振作起來，去問另一個人。

請馬上甩掉那些試圖摧毀你信心的混蛋！

學生問我關於寫作夥伴的第二個問題是：如果有人同意讀你的作品，並跟你一起討論，而你也同意為對方做同樣的事，但結果他針對你的作品提出的建議是完全負面又具破壞性，即使他是以盡可能和善的態度說出來的，那你該怎麼辦？你可能會洩氣到極點，覺得自己遭到背叛。你完成了這部非常大膽的創作，將嘔心瀝血的成果拿給某人看，對方卻認為它一點也不好，還告訴你他覺得很抱歉，只是他的感想真的如此。好吧，我就明白告訴你——我認為他根本不是這麼想。我認為他從破壞你的努力成果中得到真正的樂趣，一種他從未感受過、近乎性高潮的樂趣。我覺得你應該立刻擺脫這個人，即使你已經嫁給他。任何人都不該對 你說那種話。如果你第一次寫出一部長篇創作，並認為它應該會被採用——老實說，這種事幾乎不可能發生——應該要有個人能以溫和但並非過度保護的態度讓你明白這點，同時鼓勵你繼續努力，或許不是努力尋求出書的機會，而是努力繼續寫下去。這個人當然可能會建議你聽聽另一個人的意見；但如果他太過尖刻或太固執己見，不妨甩了這個混蛋。你會忍受有人這樣告訴你的小孩——例如，說他們缺乏繪畫天分，沒必要再畫下去？或者他們的詩不怎麼有趣？當然不會。你會想跑去找這個人，給他點顏色瞧瞧。所以，如果有人對你說出這類話，你還會想再繼續跟他配合嗎？你為何要把自己僅存的一點空檔留給這種混蛋？

我擔心耶穌若聽到我以上的言論，可能會想拿酒把自己灌到不省人事。但我的朋友潘美在過世前一個月，說了一句可能改變我一生的話。

我們一起去遊街。因為當晚我要跟那時正在交往的男子去夜店，所以我需要買件洋裝。潘美坐著輪椅，頭戴類似英國皇太后髮型的假髮，雙眼流露著豁出去的神情。我試穿了一件薰衣草紫的迷你裙裝，跟我平日的風格大相逕庭。通常我都穿寬鬆如布袋的長罩衫。人們常會說我的衣著活像約翰·古德曼（John Goodman）[3]。無論如何，那件短洋裝很合身，彷彿為我量身定做的。我困窘又快樂地站在那裡，然後問潘美：「妳覺得它會不會讓我的臀部看起來太大？」她慢條斯理地回答：「安妮，我真的認為妳沒有那麼多閒工夫想這類事。」

而我也認為你沒有那麼多閒工夫。我認為你沒有閒工夫浪費在除了寫作以外的事，因為你一直擔心自己寫得不夠好。**我也認為你沒有閒工夫浪費在無法以和善及尊重的態度回應你的人身上。**你不會想花時間跟讓你難以呼吸的人相處。當你難以呼吸，你便不可能有充實飽滿的感覺，而寫作牽涉到填滿；當你感到腦袋空空如也時，寫作能讓景象、想法和氣味如流水般湧現、填滿你。寫

3　1952～，美國演員，身材高大圓胖，演出電影包括《石頭族樂園》（The Flintstones）、《購物狂的異想世界》（Confessions of a Shopaholic）等。

作也跟克服空虛感有關，空虛感能摧毀許多缺乏朋友或配偶幫助的寫作者。

我的班上總會有幾個十足的初學者；他們需要有人讀讀他們的草稿，並適時給予他們尊重和鼓勵。初學者總會想把自己的整段人生擠進十張紙，也總會忍不住極力為自己塑造完美形象，即使他們讓作品中出類拔萃的女主角有個經常涕淚縱橫的酗酒母親也一樣。但初學者正在學習，也需要打氣，好讓他們持續寫下去。

只要你四處搜尋，相信就能找到你需要的人。我所認識的每一位寫作者幾乎都能找到一個同時兼任朋友和批評者的人。當找到一個適合你、你也適合對方的人，你當下就會知道。這和尋找男女朋友不一樣；後者是你會慢慢開始感到自己正逐漸進入某個早已等待著你的狀況。

Chapter 23

寫信可以幫你擺脫靈感便祕

Letters

書信是一種相對隨意的體裁。我會鼓勵學生用寫信的方式，先寫出一篇短文，幫助自己擺脫完美主義的宰制和腦袋完全當機的痛苦狀態。

當你不知道還能寫什麼，腦袋完全當機，感到喪氣、厭煩、痛恨自己，但又捨不得暫時停筆，想等待靈感出現時，或許你可以嘗試用寫信的方式，描述一段你的個人經歷——換句話說，一個角色的經歷。**書信相對隨意的特質，能幫你擺脫完美主義的宰制。**

如果你有兒女，不妨寫封信給他或她，或是寫給你的甥姪子女或朋友。先在第一行寫下對方的名字，接著寫第一句話，解釋你將要訴說一段你的個人經歷，將它交付給他們，因為這段人生經歷對你意義非凡。

寫信可以喚醒最優美動人的回憶、細節

我在寫作班上看到最好的作品，都是出自那些想將個人經歷告訴兒女的學生，包括他們自己的兒時情景，或待在和平工作團（Peace Corps）[1]的幾年間在非洲荒野奇妙的小村落服務的經歷，或四十歲時在捕鯨船上工作的境況。我其中一個班上的一名男學生出身於堅奉潔淨派浸信會教徒（foot-washing Baptists）[2]家庭，他寫了一封長達兩百頁的信，向子女描述他在南方的童年經歷、他如何逃離那個環境，後來在阿拉斯加一艘捕鯨船工作數年並在這段期間找到上帝，也在海港邂逅了他們的母親。多年前，一個班上的女學生寫了一封近乎中篇小說長度的信給她的女兒，描述身為華裔美籍護士的她住在巴西聖保羅的經歷，包括她記憶中看到和感受到的一切，以及種種想法。她在班上唸了其中一部分，很多段落都非常優美、動人、有趣卻又哀傷，不少人為之落淚。後來，她將它用在一部小說的情節論述中。

不久前，一位雜誌編輯請我寫一篇關於舊金山巨人隊（San Francisco Giants）終身粉絲的隨筆短文。我的確是他們的粉絲，但截稿的壓力和焦慮令我的腦袋一片空白。剛開始我能想到的，就只有我走進從小居住的咖啡色小屋的廚房，發現我母親和哥哥正在收音機前，彎著腰聽巨人隊比賽的播報實況，專注的程

1 1960 年由美國總統甘迺迪成立，宗旨在促進世界和平，並招募美國青年參與海外志願服務，以增進美國與其他國家人民之間的友誼與互助合作。

2 信徒大都集中在美國南方，他們堅信一切愉悅歡樂皆是罪惡，任何歡愉的體驗都會褻瀆上帝的大能以及對祂的禮敬。

度好比在聽首次宣布日本偷襲珍珠港的新聞。我開始期盼能告訴山姆我身為巨人隊粉絲的經歷，因為不希望自己人生的這部分被遺忘，但每當我要動筆，唯一想得到的就只有那幕情景。於是，我開始找其他粉絲，請他們談談自己的回憶，我也跟著逐漸想起一切：小時候我在強光照射下觀看燭台球場（Candlestick Park）那大片鮮綠色的外野場地，彷彿踏進童話故事的歐茲國（Oz），有如探險家發現格陵蘭！我記得自己還擔心外野那麼大，恐怕得二十個球員才守得住，但其實只需要三個。

「親愛的山姆，」我在紙上的第一行寫著，「我想告訴你，我小時候有多迷舊金山巨人隊。」我拋開編輯在背後狐疑地窺看我寫信的幻想，一邊寫，一邊想像有天山姆坐下來讀時，會多高興我寫了這封信。我開始對他描述我記憶中壘道上那紅得出奇的土、打擊練習時球棒擊中球的鏗然巨響、身為粉絲團一員以及全場起伏情緒的一部分感覺如何。我打電話給朋友，互相比對自己記憶中的感受，包括身為大戰中的一員，體驗勝與敗、得意與屈辱，以及這一次沒輪到你的感覺。接著，我在紙上告訴山姆這一切。我跟好幾個人詢問他們當年目睹幾位球星表現的回憶，例如胡安・馬利克（Juan Marichal）[3]令人難以置信的高抬腿投球，以及我們有生以來僅見最出色的打擊者威利・麥考菲（Willie McCovey）[4]，還有蓋洛・派瑞（Gaylord Perry）[5]和他滑溜的口水球，而他兇惡、叫

3 1937～，生於多明尼加的前大聯盟投手，1960 至 1975 年大都效力於巨人隊，1983 年名列棒球名人堂。

4 1938～，1959 至 1973、1977 至 1980 年間效力於巨人隊，1986 年名列棒球名人堂。

5 1938～，以口水球聞名的右手投手，1962 至 1971 年效力於巨人隊，1991 年名列棒球名人堂。

囂和大汗淋漓的模樣，活像是直接從紅土之鄉喬治亞州（Georgia）來到球場般。接著，我又想起第一次看到守在中外野的威利・梅斯（Willie Mays）[6]，我彷彿親眼目睹耶穌站在那裡，當時我五歲。有個人在電話裡提起提托・費瑞斯（Tito Fuentes）[7]，我的記憶便全回來了。我記得當年有多迷戀他，甚至認為有天我們倆會結婚。我也很喜歡跟著大家一起喊他的名字：「提——托，提——托」讓我覺得自己好像《西城故事》（West Side Story）音樂劇裡的角色。

在告訴山姆這所有細節的同時，我漸漸領悟到棒球運動更重要的意義是引領我們找回自己在群體中的位置。我們是群居的動物，是一種具有高度群聚和社交傾向的物種，但存在於生活中的文化、年齡差距和各種恐懼，幾乎將每個人限制在自己的小框框裡。但若我們熱愛棒球，它便能引領我們回到自己在群體間的位置。它能修復我們。

於是，我在給山姆的信裡寫下上述的一切，而回憶、細節、實景，與感受也逐漸交織在一起。這封信就像拍立得照片顯影般逐漸完成，而根據信寫就的那篇隨筆，清晰鮮明，充滿氣味、聲音與希望。棒球正如人生，因希望而存續、脈動著，否則這封信便不會存在，我整個人也豐盈在信裡頭，山姆和他的子女未來的某一天將會讀到。

6　1931～，前大聯盟中外野手，1958 至 1972 年效力於巨人隊。

7　1944～　生於古巴的二壘手，1965 至 1978 年在大聯盟，大都效力於巨人隊。

Chapter 24

寫作者障礙不是障礙

Writer's Block

寫作者障礙包括種種悽慘絕望的狀態——
腦袋打結、文思窒息、陳腔濫調……
我們都曾經歷過。
重點是，你不應該再視此為障礙，
因為這是看問題的角度有誤。
比如你太太把你關在家門外，不讓你進屋，
你不會認為這是門的錯。

在寫作者可能經歷的所有困境中，很少有比所謂的寫作者障礙更令人洩氣的。那是一種焦慮的枯竭狀態；你像死屍般坐在椅子上呆呆盯著白紙，感到腦袋打結，文思順著雙腿流下，從腳底漏光。或是，你讀著前陣子匆匆寫在筆記本或索引卡上的筆記，但它們看起來卻像連續殺人犯理查．史派克（Richard Speck）前晚隨手留下的。此時，你又恰巧得知你最親近的作家朋友寫得正順，源源不絕創作出短篇故事、電影劇本、童書，甚至一部小說的大半，速度之快，彷彿他或她是瘋狂趕工的隔熱墊製造廠，成品多到從窗口滿出來，只因為產量實在太驚人，沒有足夠的空間容納。

當你真的寫不出任何東西時，試著寫自己有多恨寫作吧！

遇到寫作者障礙是難免的。你讀著最近寫下的那些少得可憐的文字，清楚看出它們全是垃圾。令人欣喜的充沛文思戛然停止，令你覺得自己有如華納卡通裡的威利狼（Wile E. Coyote）[1]跌落懸崖，連朝下方瞥一眼的時間也沒有。或者你已持續好一陣子寫不出任何東西。當你茫然不知所措，又正值精力和信心的最低點，你將會被從此再也無能寫作的恐懼襲擊。你可能覺得要寫出一部小說，有點像用牙醫的鑽子去爬北美第一高峰麥金利山（Mount McKinley）[2]。情況令你感到絕望，或至少很悽慘，而你目前的想像力和組織力也不足以幫你釐清狀況，更別提獲得有用的結論。你知道自己想到的每一個點子、引句和景象是從何處得來，但沒有一個稱得上新鮮。所有字句你都耳熟能詳，聽起來全是陳腔濫調。寫作者有如吸塵器，吸進我們看到、聽到、讀到、想到、感受到和明確表達的一切，以及其他人在能力範圍內聽見、思考和感覺的任何事物。我們模擬、重現——我們寫出來。但知道所有材料的來源，卻減損了它們的魅力，因為你會認為它們平凡、老調，似乎根本用不著去費力挖掘，因為它們就在大

1 華納卡通人物，為追捕嗶嗶鳥費盡心思，卻常反被將一軍。

2 位於阿拉斯加，也是世界七大高峰之一。

家看得到的地方。你可能會開始覺得自己像是在用微波食品冒充親手烹調的菜餚。

我們都曾遇到如此狀況，那種感覺就像世界末日來臨，像小山雀遭到氫彈轟炸。不過重點是，我們不應該再將它視為障礙，這是因為看問題的角度有誤。若你太太把你關在家門外，不讓你進屋，你不會認為這是門的錯。

障礙這個詞代表你覺得腦袋打結或卡住，但其實你是被抽空了。我在前兩章提過這種空虛感跟羞愧及挫折感一樣，能毀掉不少寫作者。你心知繆思女神之前已賜予你那麼多文思泉湧的好日子，甚至可能多到足以讓你完成一本好書及下一本的一部分。但此時你卻連續好幾天或好幾個星期腦袋空空，彷彿繆思女神突然告訴你：「夠了！別煩我！我賜給你的已經多到讓我受不了了！拜託，我也有自己的麻煩要處理。」

難題在於接受，我們從小受到的教育都要求我們別這麼做。我們被灌輸的觀念是必須設法改善艱難的現狀，扭轉情況，減輕不快的情緒。但若你接受事實——即你目前並非處於創造力旺盛的時期——你便等於解開束縛，讓自己能再被填滿。我常鼓勵學生，處於撞牆期時，不妨試著寫出一頁文字，內容不拘，例如用三百字描述某個回憶、夢境，或者以想到什麼就寫什麼的方式，述說自己有多恨寫作——只是好玩，只是為了不讓手指變僵硬，只是因為自己已發誓每天必須寫三百字。在撞牆期時不妨持續這麼做。

等待靈感甦醒時，別死盯著電腦螢幕，去戶外走走！

我幾乎每天都會提醒自己在潘美過世前六個月，一名醫生告訴我的話。這位醫生總會直截了當地回答我的問題。我在那天晚上打電話給她，內心一邊期待她能為潘美每下愈況的病情發展提出樂觀的看法。她辦不到，卻說出改變我一生的話。「這段時間不妨好好看著她，」她說道，「因為她正在教導你如何生活。」

每當我寫不出東西，我都會用那段話提醒自己：用彷彿生命快到盡頭的心態過活，因為我們其實都離終點不遠。以臨終的心情度日，讓我們有機會去體驗真實的當下。對於心知自己即將死亡的人來說，每一天都很充實、寶貴，跟孩童過日子的方式很像，他們沒有一刻閒下來。因此我不再死盯著電腦螢幕，強迫自己有所進展，而是告訴自己：「好，嗯，我想想，明天就要死了。那我今天該做什麼呢？」接下來我可能會決定用上午剩下的時間閱讀華萊士．史蒂文斯（Wallace Stevens）[3]的詩，或去海邊散步，或只是親身參與日常事務。這些都能啟動用氣味、想法、景象、回憶，和觀察把自己填滿的過程。我或許會想寫下生命最後一天的歷程，但我也知道有其他至少同樣緊迫的選項。我想我會希望讓所有事情變得簡單明瞭，而且我要活在當下。

在最初的階段，也就是你剛開始投入寫作時，你會有千萬個促使你放棄的理由，這也是為何要求自己非得完成幾個段落或故事的決心那麼重要。令人洩氣的聲音會纏著你——「這些全是廢話。」它會這麼說，而且還可能沒錯。但你所寫的只是練習；它能幫助你愈寫愈好，若你半途而廢，練習就失去意義。

我最新出版的那本小說寫到三分之二時，就碰上實實在在的信心危機。癥結在於之前有一連二十七篇書評對我的上一本小說評價很糟，使我有點懷疑自己的才能，也沖淡了出書的喜悅。於是，在這段信心危機期，我要求自己將關注的焦點完全放在這本小說的角色身上，而非只想著要完成整本書。我每天僅花一點點時間坐在書桌前，寫下我對家人及年少歲月的回憶，然後去散步、看早場電影、閱讀。**在等待潛意識打開大門對我招手前，我都盡量待在戶外。**

3　1879～1955，二十世紀美國重要詩人之一，1955年獲得普利茲詩歌獎，著作包括《秩序觀》（*Ideas of Order*），《帶藍吉他的人》（*The Man with the Blue Guitar*）等。

最後潛意識終於召喚我了。我並沒有體驗到那種挺起胸露出燦爛的微笑、然後拍掉手上的灰塵、回去工作的經典時刻，反而比較像得了痢疾。前一分鐘我才坐在一旁處理自己的事，下一分鐘我已經十萬火急地衝到書桌前，連我自己都難以置信。

這個方法能幫助你拋開一手主導自身命運的渴望。**我們耗費全部精力想讓事情妥善運作，但事情並不會真如我們所願。**我們就像在河裡掙扎的小蟲，一舉一動都落入在水下伺機而動的鱒魚眼裡。因為知道這點，像我這樣的人便會立下很多規矩，好讓自己有主導一切的幻覺。我必須告訴自己，親愛的，你並不需要如此。只要去感受身為小蟲的樂趣，善待他人，抓住一小片河苔草，欣賞你的蟲腳划水的模樣有多優美。

所有好故事都在等待有人以新奇、奔放的方式說出來。然而馬克・吐溫（Mark Twain）[4]會說，亞當是人類當中唯一能在說出巧言妙語時，確知那句話從沒人講過。生命就像資源回收場，人類的一切喜怒哀樂和關切的事務都在世間反覆循環、再現。但你必須發揮感受力，也許是個人的幽默感、將心比心的同情或理解。

4 1835～1910，美國小說家，以幽默的風格著稱，著作包括《湯姆歷險記》（*The Adventures of Tom Sawyer*）、《頑童流浪記》（*The Adventures of Huckleberry Finn*）等。

我們所有人也許都會唱同一首歌，但每個人的詮釋方法皆不同。有些人會不假思索地直接唱出來，並加入許多動人的即興橋段；有些人則會反覆練習，直到能唱得像美聲歌手般。想用合理又令人耳目一新的手法述說故事，所需具備的一切其實早已存在我們每個人的心中。你所需要的，就在你的腦海和回憶裡，在你感受到和看過、想到、吸收到的一切之中。而你的潛意識也就是真正進行創作之處，有個小男孩或蘇斯博士[5]正在地窖忙著把各種材料拼縫起來。當他準備好將成品交給你，例如一個段落，或讓某個角色做出轉變整個小說方向的意外行動，你會毫不猶疑地照章寫下。所以，在裁縫忙著工作的同時，不妨也出去呼吸點新鮮空氣。寫出三百字，然後出去散步，要不然你會想坐在書桌前試著幫忙，但這只會造成阻礙。若你老是在潛意識背後盯著它，它便無法好好工作。你會坐在那兒不斷地問：「你做完了沒？你做完了沒？」但其實它正試著好聲好氣地告訴你：「閉嘴，走開。」

5　請見第九章第 111 頁。

第四部

刊登和出版

以及為何寫作的其他理由

Publication-And Other Reasons to Write

許多尚未出過書的寫作者，
經常對出書存有太多不切實際的美好幻想，
而遺忘了原先投入寫作的初衷。
安・拉莫特將不藏私地曝光自己的出版經驗，
藉此破除出書的刻板印象和迷思，
並帶領我們重新發現「為寫作付出一切」的過程，
就是寫作帶給我們最好的獎賞。

Chapter 25

為你的摯愛寫一份獻禮

Writing a Present

出版不會讓你更有自信或更有錢，
那究竟為何要出書？
對我來說，
我只是單純地想寫下我生命中最摯愛的人的故事，
把這個故事當成一份禮物獻給對方，
這跟想藉書出名完全無關。

作品出版並不會改變你的人生或解決你的難題。出版也不能使你更加自信或更加美麗，很可能也無法幫你變得更有錢。從開始寫作到作品出版的那一天，必須歷經長久累積的努力，而且出書後的歡慶時刻通常很短暫。我接下來很快便會以長篇幅討論這點。

我們先來談談寫作的理由——這些理由可能會令作家、甚至還在爭取作品出版的寫作者大為驚訝。寫作的競技場充滿了獲得優厚回報的可能性，而你的生活、自我感覺，以及對豐盛的定義，也可能因此完全改觀。

我至今有兩次動筆寫書，是為了送給我所深愛卻即將離世的人當禮物。之前我曾向你簡短提及我父親被診斷出罹患腦癌，這件事令我突然心生靈感，想訴說一個哀傷的故事。那個故事充滿起伏和幽默，是關於一位父親和他三名青少年子女同住在一個小城，當地居民包括年紀老大不小的嬉皮、有錢有閒的激進派人士、藝術工作者、新世紀信徒，以及普通人（無論所謂普通人的定義為何）。然而，這個家庭突然遭逢巨變——那位父親罹患絕症，正逐漸步向生命盡頭，無可挽救。

於是，我開始描述我們和過去完全兩樣的生活。我記下一切關於我的兄弟如何盡可能協助父親、兄弟間如何努力互相扶持、全家如何試著保持幽默感並從這個變故中尋找意義，也描述了我們的心路歷程。之前，我已經寫了不少關於小城居民和景致的描述，我依然很喜歡，此時便派上用場。但最好的部分是我的父親和兄弟在那段時期的歷程。我快速記下他們說過的趣話、溫馨的時刻、黑色幽默，以及當中的奇特之處。接下來我開始將這個題材塑造成一個完整的故事。我拿給父親看，他認為我將所有痛苦、恐懼和失落，化為一部愛與存活的故事很棒。他會在把稿子還給我時，舉手對我做出「黑拳敬禮」（black power salute）[1]，露出微笑。就某種意義來說，我拿給他的是一封代表親情與愛的信。父親未曾寫下他對這段歷程的說法，但奇妙的是我竟能在他腦部仍能正

1　指美國田徑選手湯米．史密斯（Tommie Smith）與約翰．卡洛斯（John Carlos）於 1968 年在墨西哥奧運所做的沉默抗議行動；他們脫下運動鞋，低著頭，一手戴著黑手套高舉拳頭，抗議黑人遭受的歧視與壓迫。

常運作的期間內完成我的作品，因此他得以讀到完整的故事，也知道在脫下這副臭皮囊、前往另一個世界之後，他和他的故事依然會長存在人世間。

另一個推動我完成第一本小說的因素，是我拼命想找些講述罹癌經歷但又能逗我大笑的書。但是這類書並不多；事實上，就我所知只有一本，是維歐蕾・懷加特（Violet Weingarten）記錄她個人化療歷程的《道德的諷示》（*Intimations of Morality*）。我小說中的一個重點便是來自她書裡的一段話：「究竟是人生苦短，因此沒必要忍受委屈，還是人生苦短，所以別在意那麼多？」我反覆閱讀這本書，在電話裡大聲唸給我的兄弟聽，之後又跑去圖書館問：「你們有沒有其他關於癌症，但真的很有趣好笑的書？」館員看著我的模樣，像是他們突然罹患脊柱分裂癱瘓症。似乎沒有其他同類書籍了。我的小說描述了我家人的經歷，揭示一個家庭如何在面對可能令人崩潰的變故時仍盡力保持愉快。而一本類似的書，對有親屬罹病的其他人來說，或許是一樣受歡迎的禮物。這正是我之所以訴說我家人的故事並設法寫完的唯一目的。由於得到朋友的無數支持，一切恐懼和失落也夾雜了喜悅與歡笑，讓我父親度過可能是最愉快的最後幾個月，或許也是最安詳的離世；實際上可以說很棒。雖然從各方面來說都是痛苦、難熬的，但卻又很棒。

當然，並非每個人都喜歡我的書。有些書評很糟。我個人最欣賞的是出自聖塔芭芭拉（Santa Barbara）的一份報紙書評，它說我們的黑色幽默讓我們看起來活像《阿達一族》（Addams Family）[2]。「這是聖塔芭芭拉那邊對你的書評，」我的編輯附在書評上的紙條寫著，「那裡的人永遠不會死。」

十五年後，我的朋友潘美被診斷出乳癌。我一直保存著一本記錄兒子剛出生那段時期的日記；當時她常幫忙照顧他，因此幾乎大部分日子記錄的內容也與她有關，但此時我卻發現她沒多久將不在我們身邊了。於是，我將日記打字，寄給我的經紀人。山姆愈長愈高，潘美卻愈來愈虛弱，我只能盡量加快速度寫著，努力及時完成，好讓她讀到。我辦到了。她過世前四個月，我將印好的書送給她。這是另一封表達愛意的信，大半是給她、山姆，和她的女兒瑞貝卡。我讓潘美知道，在她死後，她的一部分將會留在書頁中，將會以如此方式永存於人世。

我內心的一部分再次相信，我的日記可以做為送給其他人和單親媽媽的禮物。山姆剛出生時，是那麼有趣、嬌弱，因此感覺也很真實，但我找不到任何關於單親父母養育子女的書。市面上確實有一些寫得很好的育兒書，但沒有一本能逗我大笑，也全沒談到陰暗面，包括溢乳弄濕胸罩之類的災難。它們都太

2 改編自 1960 年代電視卡通的電影，由安潔莉卡．休斯頓（Anjelica Huston）、諾爾．朱利亞（Raul Julia）等主演。

講究、太理智，並認定你早就懂得做這個或那個，而且得疝氣的小寶貝會很快康復，還懂得克制情緒、摸清狀況。但事實真的不是如此。擁有一個小嬰孩，有如家裡突然來了一個天下最惡劣的室友，像是嚴重宿醉加經前症候群發作的珍妮絲・賈普林（Janis Joplin）[3]搬來跟你住。市面上所有育嬰書都會推薦用柔和的背景音樂安撫年幼的哭嚎專家之類的辦法。於是，我晚上便坐在山姆身旁，為他播放山巒俱樂部（Sierra Club）[4]出版的河水錄音帶。錄音帶除了有淙淙水聲，還可聽到蟋蟀、青蛙，以及貓頭鷹的鳴叫。他會皺著眉頭左顧右盼一會兒，彷彿在說：「妳瘋了嗎？你幹麼不乾脆放鯊魚打架的錄音帶給我聽啊？」接著他會**真的**開始大哭起來。如果能有一本育嬰書，是由一位願意承認有時會想雙手抓著她嬰孩的頭和腳踝、像舉大刀般把他舉到頭上左右搖晃的母親寫的，我會覺得比較安慰。於是我決定動手自己寫，當做給其他新手媽媽的指南和禮物。

潘美在山姆八個月大時罹患癌症，若我在她生病後能找到一本如實敘述失去好友的經歷，又不失幽默的書，我也會感到寬慰。於是，我決定嘗試自己寫一本，將關於山姆和潘美的故事融入書中，送給這兩個人，以及認識跟山姆或潘美相似的人的所有讀者。

3　1943～1970，1960 年代當紅的美國歌手，也被視為搖滾史上最偉大的女歌手之一，以沙啞狂放的歌聲聞名，但 1960 年代末開始酗酒及濫用毒品，後來因施打海洛因過量致死。

4　美國規模最大的環保團體，1892 年創立，總部設在舊金山。

爲心愛的人留下一份紀錄，並幫助正在經歷困境的人

——這是我出書的理由，就這麼簡單

兩三年後，就在潘美過世的幾個月後，一對跟我們很親近的朋友生了一個男嬰，但他的缺陷相當嚴重，才五個月大就夭折了。我開始懷疑自己是不是會給人帶來霉運。我和山姆花了很多時間陪伴那對父母和他們的小小孩布里斯（Brice）。他們把兒子照顧得無微不至，讓我懂得不少訣竅，也從他們兒子身上學到很多，令我很想讓其他人也知道。我希望寫下這些事，送給那對父母當禮物，這樣或許能延續他們寶寶的生命。於是在布里斯活著的整段時期，我在索引卡上快速記錄著，但並不確定自己是否真能寫出一篇關於他的故事。我觀看著在我內心進行的一切：我如何理所當然地以為緊閉心門比較安全，但其實保持開闊的胸懷並付出關愛才是正確的，因為我們的人生跟愛與生命密不可分。我旁觀山姆望著布里斯的模樣，並快速在索引卡記下一部分。我感到困窘又有點慚愧，因為我所記下的大部分資料，不久後將會跟痛苦及死亡有關，但我還是繼續記筆記。

布里斯在五月過世。大約一個月後，我剛好有機會為一個電台撰寫一篇三分鐘長的短稿，於是我問布里斯的父母，若我以他們的兒子為主題，是否會讓

他們感到隱私被侵犯。他們表示不會，而且恰恰相反。所以我拿著索引卡坐在書桌前望著桌上的一英寸照片相框，然後開始寫道：

上個月，山姆初次親眼看到過世的人。我們的一對朋友所生的小男嬰夭折了，因此我們整個早上都陪著他們和他們的小寶寶。他只有五個月大，八磅重，比他出生時的十磅還輕。裹著雪白受洗袍的他，躺在嬰兒床頂端的一個大籃子裡，下半身鋪滿花瓣，宛若一朵白玫瑰。房裡擺滿鮮花和點燃的祈願蠟燭，還有好幾尊佛像以及達賴喇嘛和耶穌的照片（因為他的母親是佛教徒，父親是基督徒）。布里斯像是一個來自某個白雪覆蓋之處、備受關注的小天使。沒有一個人，包括山姆，能將目光從他身上移開。他看起來宛如天神。

「你做了什麼？」當我提起這件事，我的親戚問道，「你帶山姆去看什麼？」語氣聽起來彷彿想接著問，下次你還要帶他去看什麼？腦部手術嗎？我無法解釋為何我覺得這麼做是對的，畢竟我從小受到的教育教我應該畏懼疾病與死亡（尤其是早夭以及——很諷刺的——老化），我認為這點對我的人生有嚴重的負面影響。我當然會希望山姆過得比我好。

我有不少朋友死於癌症和愛滋病，但布里斯是山姆從出生以來第一次目睹的死者。山姆似乎不覺得害怕，或許是因為布里斯的遺容看起來如此美麗。布里斯對死亡並不陌生：他的呼吸和心跳曾在生產過程中停止，急救七分鐘後才恢復，因此可以說是第二次出生，但結果那七分鐘對他來說已經太久了。他的雙眼是深灰色的，總是睜開著，而且從沒哭過，其實也沒笑過，甚至眨眼過。

布里斯母親的佛教徒朋友稱他為雲端男孩，因為他被困在天堂和人世之間，並沒有真正抵達這兩處。他父親的基督徒朋友則多次幫忙料理三餐。每個人都會抱他、搖他。我和山姆花很多時間讀書給他聽，大部分是蘇斯博士寫的童書。

「他是個好寶寶。」山姆有天如此肯定地告訴布里斯的父母。當初他們倆在完全不知該如何照料布里斯的情況下，在他三週大時將他帶回家，因為他們不希望他在醫院過世。他們只希望他在家裡，身邊有他們以及他們朋友的陪伴。身為其中的一員，是件奇妙的事。有些人覺得布里斯很可憐，認為他的父母當初不把他留在醫院是瘋狂的舉動。我們其他人則感到難以形容的哀傷，但也覺得其中存在著神聖的意涵，與個性、人格或年齡無關。

「他是個好寶寶。」有天我和山姆為布里斯唸了一會兒故事書後，山姆在車裡跟我這麼說。「但他有點怪。」

布里斯過世時，他的父母打電話給我們，問我和山姆是否會去他們家。他們很悲痛，但還撐得過去。那天早上山姆帶了兩件禮物，放進籃子裡給寶寶。一件是一顆球，可以讓他帶到另一個世界玩丟接球遊戲，另一件則是《回到未來》（Back to the Future）電影裡的時空旅行車模型。我和布里斯的父母至今依然納悶山姆送這件禮物的理由。

那天上午我們離開他們家後，我帶山姆去當地的保齡球館。這是他的另一個初體驗。整件事如此怪異卻又真實，反而帶點神聖的意味。我們在兒童專用球道打了一個小時。「你帶他去哪？」我的親戚問，而我說不出確切的理由。這跟想擺脫肅穆、想完成生與死的循環有關。保齡球是人生的縮影——你擲出保齡球，球瓶有時也會倒下。同時我也想讓山姆看到，無論你朝神聖至善投擲多少球，它仍會永遠存在。

我在電台朗讀這篇短文前，先唸給布里斯的父母聽，後來他們不僅打電話告訴每個親友電台播放的時間，還將它錄下來。布里斯將永遠活在他們的心中，就像潘美及我的父親也活在我心中一樣（這或許是我們能真正擁有一個人的唯一辦法），但我依然想以某種方式為我們所愛的人描繪具體的形象，重現那些似乎美得難以形容、改變我們並深植內心的時刻。

童妮．摩里森（Toni Morrison）[5]曾說：「自由的功用在於解放他人。」**若你已不再被某人或某種生活方式摧殘或束縛，不妨說出你的經歷，冒險解放他人。**並非所有人都讚許你的行動。你的家人和其他批評者或許希望你別把祕密說出來。好，那麼你該做什麼？正是把它全部寫下來。把它從你腦中傾洩到紙上。寫出一篇拙劣無比、任性、充滿抱怨和愁苦的初稿，然後盡可能將多餘的枝枝節節刪掉。

有件事我未曾向你透露，是關於我出名的短篇故事《阿諾》（*Arnold*）；我除了每隔幾個月便寄給我父親的經紀人，也會寄給一本重要雜誌的編輯。對方將稿子退回來，並附上一句：「妳所犯的錯就是誤以為發生在妳身上的每件事都很有意思。」不用說，我當然有被侮辱的感覺，但那句話並沒有阻止我繼續寫作，反而可以說幫助了我。雖然我坐在桌前準備寫下關於我父親罹癌的經歷時，內心依然為了那位編輯指出我所犯的錯感到惶恐不安。我很想避免再犯。於是我先寫下發生在我們全家人身上的每件事，然後刪掉過度自我沉溺的部分。**我並不是想藉這本書為自己留名，我只想為我父親寫一本書，並希望它能幫助經歷類似情況的人。**有些人或許認為這本書太像告白，牽涉太多個人隱

5　1931～，美國黑人女作家，1993 年獲得諾貝爾文學獎，擅長以精準的對話詩意地呈現美國黑人的生活處境。著作包括《最藍的眼睛》（*The Bluest Eye*）、《寵兒》（*Beloved*）等。

私，但這些人對我的想法跟我毫無關係。我要寫關於我父親和我最好朋友的書，他們也應該在離開人世前讀到它們。你能想像嗎？我為兩位我深愛又尊敬的讀者寫書，他們也愛我、尊重我。所以他們在世時，我盡可能仔細並滿懷情感地寫著獻給他們的書——我多希望能這樣永遠寫著。

Chapter 26

尋找你的風格

Finding Your Voice

借來的風格會削減故事的力道，
讓角色變得空洞虛假。
那麼，要如何發展自己的風格？
正面挑戰你的傷口、憤怒，和哀痛，
親身探查裡頭淒慘苦楚的事物，
你才能得到生命的真相，
然後發展出自己的風格。

套用別人的風格寫作，會讓你的作品變得淡而無味
——拜託！生活已經夠平淡了！給我一點熱情！

我有次在錄音帶上聽到一位演員談論在現代社會努力尋找上帝的歷程，以及人們如何只想追求一切世俗物質——錢財、房產、美貌、權力，因為我們認為這些能讓自己感到充實。但結果卻是一場空，因為它們只是道具，當我們離開這個人世，便得全部歸還給天上那位偉大的道具師。

「它們只是借來的，」他說，「並不屬於我們。」

這捲錄音帶改變了我對學生模仿他們最欣賞的作家文風的觀感。它幫助我領悟到，**仿效他人的風格是很自然的，但那只是暫時借用的道具，到時候你還是得歸還**。它可能幫助你形成一樣千真萬確、並非借來的東西，也就是你自己的風格。

我經常在課堂上要求學生簡短寫出為什麼他們想寫作，為何來上我的課，什麼原因促使他們投入這個有時痛苦、有時煩人的工作。他們一再表示的是，「我不想再沉默下去。」他們以前都是聽話的孩子，經常感到受忽視，也會目睹驚人的事物。但後來他們不再說出自己看到什麼，因為每當他們這麼做，便遭到懲罰。如今他們想正視自己的生命——面對人生——也不想因為這麼做而受罰。但要找到自己的風格並不容易，忍不住採用別人的方法是難免的。

每當依莎貝拉・阿言德（Isabel Allende）[1] 推出新書，我都會非常開心，因為我會買來讀，但我也會很不高興，因為班上有半數學生開始模仿她的風格。我熱愛阿言德女士的作品，也欣賞許多中美和南美洲作家。當我閱讀他們的書，

1 1942～，智利小說家，出身智利的政治世家，其伯父為 1973 年在流血政變中遭殺害的智利總統薩爾瓦多・阿言德，兩年後她也被迫流亡委內瑞拉，現居美國。著作包括《精靈之屋》（*The House of the Spirits*）、《愛與陰影》（*De Amory de Sombra*）等。

我會感覺就像是坐在夜晚的營火旁，聽他們不斷訴說玄妙奇特的故事——它們有如機關繁複的布穀鐘，除了會跑出鳥兒和少女，還有鏘鐺作響的銅鑼與鐘鈴聲。我了解學生為何受這類風格吸引；它就像遠古藝術，直接又具裝飾性，色彩豐富，符合當時的需要，同時又具備大量朦朧隱約、卻可以感覺到的世故精巧，總令我覺得像在觀賞一齣天馬行空、還加入大量特效的舞台劇，訝異於竟有那麼多生命正分崩離析！但更重要的是，這種風格為想像力提供了養分和奇景。我喜歡進入這些奇妙的世界，身在其中的感覺像是反拿著望遠鏡看出去，一切都變得渺小迷人、又多樣，因為現實生活通常太龐大、混亂、乏味、又傷人。當如阿言德這樣的作家為她的故事角色、他們的生活、家人和鬼魂增添豐富色彩，將魔幻與現實纏繞、交織在一起，並運用引人共鳴的筆法加以描述，便會令你不禁想，對啊，人生確是如此。

我很能理解學生們會希望自己的作品也具有同樣效果。然而，幾個月後安·貝娣（Ann Beattie）[2]的最新作品問世，學生們又開始交出模仿她描寫透亮的碗缽和窗玻璃的創作，他們的寫法無法令人信服。我們的生活的確很浮面，但貝娣將那些浮面描寫得很美，賦予它們光采，展現細節。但當我的學生模仿貝娣的風格，他們寫出來的故事通常淡而無味，使我忍不住對他們說，生活已經夠平淡了！給我們一點熱情！若我將要閱讀的故事主要是描寫一群開福斯

2　1947～，美國短篇小說家，擅長描寫成長於 1960、1970 年代的中產階級對社會各層面的幻滅感，著作包括《祕密與驚奇》（*Secrets and Surprises*）、《另一個你》（*Another You*）等。

（Volkswagen）汽車的人，而且他們遭遇的問題似乎都跟福斯車差不多大，當作者寫到他們把車開上結冰的湖面亂遊時，我希望自己能感覺到冰層底下有寒凍徹骨的水，並看到有人連車一起破冰落入水中。我希望作者們打破冰層並潛到底下；那裡寒冷混濁、難以看清。我希望作者們鑽進破洞——那些我們努力用一切道具填補的破洞。在這些破洞以及他們所處的空間裡，存在著各種可能，包括看清自己是誰，並窺見人生奧祕的可能。

傑出的寫作者會持續描寫冰層底下的湖水，或與世隔絕的隱蔽坑洞內的寒冷黑暗，並照亮這個坑洞所在的位置，讓我們得以撥開或繞過擋道的樹枝和荊棘。接著我們會繞著這個深坑邊緣跳舞、朝洞內大喊、推測它的深度對著洞口丟石頭，但我們不會掉進去。它再也無法吞噬我們了；我們可以繼續前進。

趕走那些阻止你冒險犯錯的人，你才能發展出自己的風格！

一位已戒酒的朋友有次對我說：「我酗酒時，是個被麻醉的怪物。等我戒酒後，我就只是個怪物。」他對我描述那個怪物的模樣，聽起來跟我自己的很像，只差沒上睫毛膏。當人們用微弱的亮光照出他們自己的怪物，會發現我們所有人的怪物幾乎都很類似。那副遮遮掩掩、迷惑閃躲的模樣，以及怪物一詞所暗示的意涵，難免讓我們認為他們必定壞到極點。但如果人們讓內在的怪物訴說自己的故事，結果會發現大家做過和想過的事都有相似之處，而那些正是我們的際遇，我們的狀況。我們並不會因此被貼上標籤，而會相互比對我們所記下的歷程。

我們是為了揭露掩藏的事物而寫。若有人叮囑你不可打開城堡的某扇門，你絕對要去一探究竟。否則，你將只會在早已熟知的房間裡把舊家具移來移去。大多數人只想將那扇門鎖緊。但寫作者的任務是去發現門後究竟有什麼，去探查裡面那個淒苦又諱莫如深的事物，將它化為文字說出來——若我們辦得到的話，不只是化為文字，也賦予節奏和旋律。

你必須先找到真正屬於自己的表達風格，才能辦到。如果父母老是在背後窺看你寫的東西，你便難以找到自己的風格，也無法探查那扇門後面的狀況，並向我們一五一十地報告。當初叮囑你別去開那扇門的人，或許正是你爸媽。有他們在，你便無法把話說出口，因為會有一個小小的聲音對你說：「噢，糟糕，別說，那是祕密。」或「那是髒話喔。」或「別告訴任何人你偷溜，否則他們都會開始這麼做。」所以你得深呼吸、禱告，或做點小儀式，把他們趕走。就當他們死了般寫下去。正如我之前提過的，我們將會在這本書後面的章節討論涉及誹謗的問題。

「但為什麼？」我的學生問，急切地盯著我。「為何我們應該打開那些門？為何我們應該用屬於自己的風格說出真相？」我也回望他們一會兒，然後說，我猜因為風格是我們的本性。此外，我認為你創造的大部分角色都像孩童一樣地相信，若真相昭然，他們就會被視為好人。你應該說出真相。真相不明會削減你的精力，使你和你的故事角色顯得空洞虛假。若你開門讓真相顯現，便能感到全然的解脫，甚至欣喜。我們不妨相信諾斯底派《多馬福音》（Gnostic gospel of Thomas）[3]中耶穌所言：「若把存在你內心的事實說出來，它將能拯救你。若你不將它說出來，它便能毀滅你。」

你的真實經歷只能靠你自己的風格說出來，若是借用他人的風格，會令讀者起疑，就像你偷穿了別人的衣服。你無法倚靠別人的觀點寫作，你只能靠你自己的。有時套用他人的風格會令你感到安全舒適，表面看起來也很光鮮亮麗，使得你放鬆下來，樂於去適應並接收他人的語彙、節奏和觀點。但你寫出來的內容會失真，因為它並非直接出自於你的親身體驗，當你用他人的風格或語彙，試圖寫出自己的真實經歷，便等於跟你的所見所聞隔了一層。

3　諾斯底派也被稱為「靈知派」，為基督教派的一支，興起於西元一世紀，活躍於西元二、三世紀，重視靈知與神祕啟示的力量，認為上帝具有善惡二元性，並為雌雄同體。後被教會斥為異端，不僅諾斯底派教徒遭迫害，典籍也多被銷毀，直到 1945 年在埃及的納格哈瑪地（Nag Hammadi）發掘出一批古抄本，其中即包括《多馬福音》。

真相、事實，或隨你怎麼稱呼它，是生活的根基。上週日我在教會聽見一位年近百歲的黑人老先生大聲呼喊：「上帝是你的歸屬。」我之所以提到這句話，大部分是因為我至今創造的每一個引人入勝的角色——包括我自己——內心都有強烈的失根感和渴盼歸鄉的愁緒。而看到一個人終於將自己向來遠遠避開的那扇禁忌之門打開，是件奇妙的事。它所揭露的，並非人的卑劣，而是人性。最終你會發現，真相，或事實，正是我們的歸屬。

不妨看看兩個極端例子。比如，你已經從山謬．貝克特的作品中發現真相——即我們非常孤獨。這個事實令人畏懼、苦惱、厭惡，你最多只能盼望在快要滅頂時，偶爾會有人對你伸出援手，或給你一點溫暖、一點鼓勵。貝克特作品裡的救贖非常幽微：在《等待果陀》的第二幕，一棵樹光禿禿的枯枝末稍出現一片葉子。就只有那麼一片葉子。雖然很少，但足以讓貝克特沒有跑去自殺，而是寫作。

或者，你所知道的真相跟上述完全相反——即上帝無所不在，我們都被放在正確的位置，而且有天會領悟到更多。你可能認為詩人華茲華斯、魯米，或史蒂芬．米切爾（Stephen Mitchell）[4]筆下的約伯（Job）所持的觀點是正確的：

4 1943～，美國詩人、翻譯家、學者，最廣為人知的是他將多部外國經典翻譯成英文，包括老子的《道德經》、猶太典籍《約伯書》（*The Book of Job*）等。

「肉體終歸塵土，個人的悲喜亦是幻象。就彷彿我們所感知的這個世界，這整個美妙驚人的盛會，是一個表面薄如氣息的泡沫，無論裡外，均閃耀著純淨的光輝。降臨我們身上的苦與樂都像是稍縱即逝的反光，死亡則有如一根針。」

但光是坐在草原上滿足地微笑，避開你的傷口、憤怒和哀痛，並無法獲得任何真相。你的傷口、憤怒和哀痛是通往真相的途徑。如果我們不去探查人們一直要我們別打開或進去的那些房間、櫃子、森林和洞穴，我們便無法得到多少可訴說的真相。等我們進入並四處探查好一陣子後，不妨喘口氣，吸收並消化你所發現的一切——接下來我們便能運用自己的風格說出來，並掌握當下。而那個當下，正是我們的歸屬。

Chapter 27

為寫作付出一切

Giving

你得付出、付出、再付出，
否則你沒有必要從事寫作。
作品能不能獲得採用和出版，並不是最重要的，
付出的過程才是。
你所付出的一切，能幫助你的讀者變得更好、更有勇氣，
並再度對這個世界敞開胸懷。

你必須擁有為寫作付出一切的決心！

安妮．迪勒（Annie Dillard）[1]曾說，每一天你都必須為自己手上的工作付出你所擁有最好的一切，而非保留給後面的計畫。若你慷慨付出，總會得到更多。這是一個大膽的建議，因為它違背了人類的本性，或至少我的本性。我個人總會想辦法逃避，只有在每天固定的寫作時刻能毫不遲疑地將創意和文字傾洩出來時除外，這類時刻我會感到文思泉湧，有如打著鍵盤的希臘左巴（Zorba the Greek）[2]般滔滔不絕。否則，我就會像隻汲汲營營的小松鼠，忙著囤積和擔

1 1945～，普立茲非小說類獎得主，著作包括《現世》（*For the Time Being*）、《汀克溪畔的朝聖者》（*Pilgrim at Tinker Creek*）等。

2 出自希臘作者尼可斯．卡山札基（Nikos Kazantzakis，1883～1957）於1946年出版的著作《希臘左巴》。書中主角左巴是一名年邁卻活力充沛、積極樂觀的粗人，因緣際會和一位飽受教育卻不諳實務的年輕人K君 伴到克里特島開礦，途中歷經人生變化，也突顯兩種不同個性的人面對困境時的姿態。卡山札基的知名著作還包括《基督的最後誘惑》（*The Last Temptation of Christ*）。

憂存糧不足、雙手僵硬、用來創作的腦袋呈現呆滯狀態，潛意識也停工，不再從腦中的小寶袋裡挑選他最喜歡的材料剪剪縫縫。

你必須付出、付出、再付出，否則你就沒有理由寫作。你必須心甘情願地不斷付出，而付出也將有所回報。**作品獲採用和出版，並不是什麼天大地大的重要事情，但學習付出的過程則是。**

當身為寫作者的你，將自己擁有的一切給予你的故事角色和你的讀者，有時可能會令你覺得自己像個三歲小孩的單親媽媽或爸爸，換句話說，你會感到奇妙、可怕、抓狂、義無反顧、滿懷愛意。幼童有時可以讓你覺得自己彷彿違反了《古蘭經》裡某條古老的律法，所以犯了異端之罪的你非死不可。有時他們會伸手撫摸你，感覺像祖父母臨終前用他們的手指慈愛地摸著你的臉，想藉此記住你的長相。有天晚上，我和當時三歲半的山姆躺在床上，他輕輕撫摸我的雙頰，好似撫摸被晒傷的肌膚般溫柔。「我愛這張小臉。」他說。有一刻我還以為他會捏著我的臉頰用意第緒語（猶太語）叫道，「我漂亮的臉（Mein shayna punim）！」

然而第二天山姆對待我的態度，卻像是把我當成他個人專屬的花花公子俱樂部兔女郎，他的酒早在半小時前就喝完了，但我沒有好好服侍他。

然而，他們終究是你的兒女和你寫的書。你生下他們，每天都必須餵養、照料，給他們意見，就算他們不理你，你依然愛他們。

你能從你三歲子女的成長和你寫書的過程中學會付出。他們讓你學會為另一個人奉獻自己，改變自己，或許這正是快樂的祕訣，也是你為何寫作的理由之一。即使你的兒女和創作綁住你，吸乾你，打攪你的睡眠，搞得你心煩意亂，惡劣對待你，但之後你卻發現他們為你帶來了一直尋尋覓覓的寶物。

有兩個概念促使我付出。第一個概念是我幾乎將自己接觸到的每一個人視為急診室裡的病患，我目睹他們身上許多嚴重的傷口以及臉上茫然失措的神情。瑪莉安．摩爾（Marianne Moore）[3]曾說：「這個世界就是孤兒的家。」這種感覺幾乎比我所知的一切都來得真實。還好我們很多人都能從寫作中得到撫慰：想想，你有多少次打開一本書，讀到當中的**一句話**，令你不禁衝口說出：「沒錯！」我希望自己也能帶給人們這種有所共鳴、心有靈犀的感受。

另一個概念是想像某位作家為我寫了一本書，然後我也寫一本書回報他

3　1887～1972，美國詩人，曾以 1951 年出版的《詩集》（*Collected Poems*）獲得普立茲獎與美國國家圖書獎，著作包括《臉》（*A Face*）、《詩歌與評論》（*Poetry and Criticism*）等。

們。我們從作家那裡獲得並推薦給周遭其他人的這份禮物，是他們用自己的人生創作出來的。

若閱讀無法比其他世俗物質更能豐富你的生命，你也不會投入寫作。因此不妨寫出一本書回報奈波爾（V. S. Naipaul）[4]、瑪格麗特·愛特伍（Margaret Atwood）[5]、溫德爾·貝瑞，或任何一個你最愛讀其創作、也最希望為他或她而寫的作家。盡可能努力寫好你的作品。人類已知最棒的感受之一，便是能夠款待他人、為他人付出的感覺；人們知道從你這裡可以得到食糧和陪伴，這是身為寫作者所該提供的。

你的付出能幫助讀者脫離愁苦、變得更有勇氣

加州伍德埃可鎮（Woodacre）精神磐石靈修中心（Spring Rock Meditation Center）的傑克·孔菲爾德（Jack Kornfield）曾告訴我一個關於付出的真實故事，是我所聽過最好的。一位八歲男孩的妹妹罹患白血病，來日無多。他的父母向他解釋，他的血液很可能與他六歲的妹妹相容，若是如此，他便能成為捐贈者。他們問他是否願意驗血。他答應了。抽血比對後發現兩人相符。於是他們又問他

4 1932～，生於千里達的印度裔英籍作家，2001 年諾貝爾文學獎得主，著作包括《大河灣》（*A Bend in the River*）、《抵達之謎》（*The Enigma of Arrival*）等。

5 1939～，加拿大小說家暨詩人，著作包括《盲眼刺客》（*The Blind Assassin*）、《女祭司》（*Lady Oracle*）等。

是否願意給他妹妹一品脫（約四百七十三毫升）的血，那是她活下去的唯一希望。他表示需要一個晚上考慮。

第二天，他跑去告訴父母，他願意捐血給妹妹。因此他們帶他去醫院，躺在妹妹病床旁的另一張床上，兩人都吊著點滴。護士從男孩身上抽出一品脫血後，再透過點滴注射到妹妹體內。當血液慢慢滴進妹妹的點滴管時，男孩只是默默躺在床上，直到醫生進來察看他的狀況，他才張開雙眼問道：「我有多快會死？」

有時你必須懷著如那個男孩般的純真無私來寫作。寫作需要結合世故和純真，需要良知，需要擁有相信某事物因其正確而美麗的信念。偉大的藝術必須具有其所要表達的意義。因此，若你對純真無私已不再熟悉，就很難看出投入寫作的意義何在。我親近的朋友幾乎都有人格障礙，但我知道他們仍保有純真，因為我可以從他們的臉上和他們的決定中看出來。我幾乎可以肯定你也依然保有如此特質，讓你有能力默默犧牲、奉獻。

這份通曉事理的純真是一種天賦，是你擁有並能貢獻出來的天賜贈禮。我們身為人類，理應對這個世界敞開心胸，而非抱著強烈的防禦心封閉自己。你所付出的一切，能幫助你的讀者變得更好、更有勇氣，並再度對這個世界敞開胸懷。你不見得非得是樂觀主義者才能做到這點。例如我的牧師朋友蘭肯（Rankin）便自稱是個快活的悲觀主義者，這樣的態度便足以幫助他脫離愁苦的心境，不至於像胎兒般蜷縮在自己的小角落。

現在不妨想像一下，這種自閉的心態會非常適合做為你的故事角色之一快到故事高潮時的處境，被冷漠木然慢慢扼殺是一個絕佳的主題。在現實生活中，多數人並不會真的蜷縮起來，以逃避內心的感受。大部分人的做法是沉溺在工作、感情關係、藥物、酒精或食物中，但所導致的漠不關心是相同的。

你可能會發現你的故事角色還不到該被自我封閉扼殺的地步，或至少他或她還沒準備好。天知道，「懲罰」和「漠不關心」說不定比起「有能力感受外界的一切」要來得舒服和熟悉。就像那個關於否認事實的老笑話：一名婦人去動物園玩時對大猩猩的力與美深深著迷，無法移開目光。猩猩正靠著鐵欄杆睡覺，儘管告示牌上寫明禁止碰觸動物，但她仍把手伸進鐵欄拍牠。被吵醒的猩猩勃然大怒，一把扯開鐵欄，兇狠地攻擊她，她的傷勢嚴重到只剩半條命。最後園方人員用麻醉槍射倒大猩猩，婦人則被送進加護病房，在生死邊緣掙扎，但終究還是慢慢好轉了。四天後，院方准許訪客探病，她最好的朋友來了。婦人幾乎連眼睛都睜不開。「天哪，妳看起來似乎很痛苦。」朋友說。婦人嘆了口氣。「痛苦，」她說，「你不明白什麼才叫痛苦。牠既不打電話來，也不寫信給我……」

這是我最喜歡的笑話之一，因為女主角給我的感覺很熟悉，你認識的很多人可能也有同感。她可能還沒準備好死於對現實的渾然不覺，或者無論如何，她都準備好了。你也許可以給予她某樣深藏在她內心深處的東西，讓她去發現、面對或爭取，因而促使她脫離渾然不覺的狀態。但你必須先在自己的內心深處找到它，貢獻出來，說不定這名婦人便會就此清醒。然後她也會擁有可以付出的東西，一首能唱出來的歌。或許它不見得真的是一首歌，可能只是一小段旋律，一段關於生存的響亮旋律。

Chapter 28

出書的迷思

Publication

如果你想出書，你應該先做的是提升自我實力，
並問問自己到底夠不夠格？
許多寫作者都想像出書是生涯一大喜事，
他們相信只要創作獲採用，人生就會出現驚天動地的改變，
但事實不是這樣。
若你心裡想的是得到名聲和財富，出書會讓你抓狂。

等待編輯回覆意見的過程，我信心全失、萬念俱灰

好吧，我們就來談談出書以及跟出書有關的迷思。

假設你已經完成一本書，或一本書的草稿，或好幾篇故事，你將它們寄給你的經紀人——如果你有的話——或某個朋友的經紀人。暫且假設你真的已經**有**一位負責處理你的稿件的編輯，或一位曾在退稿信裡稱讚你的編輯，於是你

將自己的書或短篇故事寄給對方和幾位朋友。我之前提過，我是那種一將手稿寄出便終日心神不寧的人。郵件根本還在路上我就已經陷入冰冷、凝滯、折磨人的泥淖，滿懷苦澀及憤恨。有些寫作者會挽起袖子著手準備寫下一部作品，你可能也是其中之一。我絕不可能像他們那樣，但我知道這類寫作者是存在的。無論如何，若你跟我類似，等了又等，天天察看十次郵件信箱，每次都為了沒有回音而垂頭喪氣。最後，若你幸運的話，一星期後你會收到經紀人的助理寫的回條，通知你他們已收到稿子，你的一位朋友可能也會打電話告訴你，他或她讀了一部分稿子，覺得你寫得很好，要你別擔心，但你依然心情低落，因為你還在等你的經紀人和編輯打電話告訴你稿子很棒。每次電話鈴響，你總忍不住祈禱，「噢，親愛的上帝，拜託是他打來的，一定要是他。」結果卻不是他。於是你萬念俱灰，乾脆跑去狂吃一頓，並開始覺得你的大多數朋友有多虛偽。接著你冷靜下來，決定去散個步。你感覺好些了。然後你試著讀點東西，結果忍不住讀起自己的手稿，但卻為了它寫得太糟而羞愧不已。就在你快要崩潰時，你的朋友回電告訴你，他剛讀完另一章，並以他孫子女的靈魂發誓，它真的是你有史以來寫過最好的作品，他愛它，也愛你。

於是你又覺得沒事了——只持續了十分鐘左右。

過了一星期，你打電話給經紀人，因為你無法再裝作若無其事了，但經紀人還沒看你的稿子，因為他正忙著處理一大堆更重要的事。他帶著一絲不耐煩地告訴你只要他一看完你的稿子，或得到你的編輯的回音，就會打電話給你。一切應該會很順利，好嗎？覺得好多了嗎？經紀人這麼問。而你只想撕爛他的臉，但你沒有。你只能祈禱。

接著你突然領悟到，你的經紀人和編輯根本串通好了，你從他話中聽出的那點不耐煩，其實是拼命壓抑歇斯底里發作的結果。他們兩人整個上午都在通電話，把從你書中挑出來的段落唸給彼此聽，還認為你的作品真是有史以來寫得最爛的，簡直不忍卒睹；他們一起作嘔、尖聲狂笑。他們在爭相把你書中描述男主角父親過世的那段唸給對方聽時，你的編輯還一度因為笑得太厲害，不得不吞幾顆毛地黃丸，以免心臟病發，你的經紀人則差點笑斷喉嚨的血管。

若你真的已經跟這些人簽了合約，你可能會猜想，編輯此時大概不得不掛斷電話，好去跟出版社的法務部門討論他們是否非得把欠你的最後一份預付稿費付給你，或者他們能夠就已付給你的費用向你提出告訴。

但你唯一能做的，就只有等待，等待，再等待，直到你的經紀人或編輯終於打電話來告訴你，這本書很棒，並預計在三月或九月左右，或某個時候出版。接下來會有幾個月的快活日子，跟文字編輯配合，修潤、刪改你的文稿，過程中的每一個步驟都令你安心喜悅。然後是無比神奇的校樣：你的書稿打字、編排得漂漂亮亮的，看起來就像有另一個人也參與創作它的過程般。

出書不會帶來驚天動地的人生轉變，只會讓你抓狂！

——你可能會心神不寧、歇斯底里、得服鎮靜劑

許多不是寫作者的人會想像出書是寫作者生涯的一大喜事，它當然是吊在我的學生眼前最大、也最鮮美誘人的紅蘿蔔。他們相信，只要創作獲得採用，他們的人生將馬上出現驚天動地的改變，而且是好的改變。他們的自我評價會大為提升，對自己的所有疑慮也會像打錯的字般被刪除。過去的一切失望、被拒絕，以及信心缺乏，都像是按下清除鍵般一掃而空，取而代之的是平靜安然的自我肯定和歸屬感。然後他們便能以熾烈的熱情擁抱這世界。

但事實並不完全如此。或至少我的情況不是這樣。

對我來說，情況倒比較像介於預產期前幾星期和第一天上七年級體育課之間。預產期前幾星期，你看起來很龐大，也感覺自己很擁腫，賀爾蒙濃度的改變使得你的腳踝浮腫，聞到烹調蔬菜的味道會害喜。至於在七年級體育課上課的第一天，他們發體育服給你前，先要大家照體型大小排成一排。你不是感覺自己像ET般只有一百二十公分高，就是像黛安·阿伯絲（Diane Arbus）[1]鏡頭下的猶太巨人。

噢，過程一開始其實還不錯。在你的書預定推出的幾個月前，你拿到一本樣書，也就是你的書稿經打字編排好的先讀本。到了這個階段，我總是大大鬆一口氣，因為此時出版商似乎不可能取消出版了。這些樣書也發出去給數百家報紙和書評人，令你更加相信，既然出版商已經投下這麼多製作費和郵費，所以他們非出書不可。

第一次閱讀你的樣書，感覺有如置身天堂。讀第二遍，你只看到沒被挑出來的錯字，彷彿是喝醉酒的排字工人用凍傷的腳趾打出來的。錯字很要緊；它們使你顯得愚蠢無知，像個沒什麼學識的種族主義者。等讀到第三、四遍，你便看出整本書沒有一行新奇、深刻，或至少還能補救的句子。讀到第五遍時，你不再確定出版這本書是否對你有利。

1　1923～1971，美國攝影家，她的作品多以社會邊緣人為主，如畸形人、流浪漢、窮人、變裝癖者等，她曾為拍攝一位猶太巨人，追蹤對方十年之久。

不久後，你在《出版人周刊》（*Publishers Weekly*）和《柯克斯書評》（*Kirkus Reviews*）看到最先刊出的書評，書評的一些部分聽起來活像是你媽寫的，其他部分則暗示你是個沒什麼料卻又愛現的失敗者，他們希望你死掉，這樣以後就不會再讀到你的創作。我曾在新書推出前被書評痛批，說我踐踏了生命的深層內在。也許他們並沒有真的這麼寫，但我從字裡行間看出他們的意思正是如此。不過你會挺過去的。也許你沒戒酒，所以你痛飲一大缸馬丁尼酒來麻醉自己。或者你已戒酒，只好狂吃糕餅和墨西哥菜。然而日子終究一天天過去，接下來你的新書推出日便來臨了。

你可能會對新書推出日心存幻想。你以為你會在這個特殊日子的清晨被電話鈴聲吵醒，一接起電話，便聽到出版商興奮地告訴你，他們已經雇了美國海軍藍天使特技飛行隊（Blue Angels），飛機將會飛越你又小又破的屋子上空，只要你的書銷售數字一上升，你就可以搬出去。或他們**至少**會記得送花。

我記得有一年，我和朋友卡本特正好都有新書在同一天推出。我們整個夏天都在談這件事，並假裝不抱太大期待——我不看好他的書，他也不看好我的書。新書推出的一週前，我們幾乎每天早上都在談自己有多興奮，而且引頸期盼了這麼久，就像小孩期盼聖誕夜般。大日子終於來臨，我愉快地醒來，已經開始對即將面對的讚美和注目感到不好意思。我煮了咖啡，腳趾抵著地板，不安分地扭來扭去，然後打電話給潘美和兩三個朋友，接受他們的祝賀。接下來，我等待電話鈴響。但電話並不知道它負有如此重責大任，只是像死了般冷冷地沉默著。到了中午，它的一聲不吭開始令我心神不寧。幸運的是，中午是痛飲一天當中第一杯啤酒的時刻。我像隻忠狗般坐在電話旁守候，等待它響起。最後，它**終於**在下午四點鐘響了。我拿起電話，聽到卡本特有如連續殺人狂般歇斯底里的笑聲，接著輪到**我**變得歇斯底里，最後我們倆都得服鎮靜劑。

他送花給我，而我也在知道他這麼做之前送花給他。他送給我的花非常漂亮，大都是玫瑰和鳶尾花。

情況通常大致上會如此糟糕，玫瑰和鳶尾花那部分除外。我想說的是，**若你心裡想的是得到名聲和財富，出書這件事會讓你抓狂**。幸運的話你會得到幾篇書評，有的給你的評價不錯，有的很糟糕，有的很冷淡。你會有幾場簽書會，也許還有一些朗讀會，你的出版商會在其中一個場次拿二十磅重的圓形布里（Brie）乳酪招待來賓，但只有一個人前來捧場，而這個人從十歲就在街頭流浪，甚至連他也沒待多久便離開了，因為他討厭布里乳酪。你和書店人員會拿這件事開玩笑，而你會為這五個人朗讀，他們也報以熱情的回應。你可能還會接到幾場採訪邀約，接下來也許在某個時候，就在你認為一切穩穩當當時，你看到第一篇真正會令人崩潰的書評，說你的書是狗屎。特別可喜可賀的是，這篇書評正好登在當地報紙上，所以你的每一位親友都會讀到。你可以想像好幾千人早上喝著咖啡，一邊讀這篇書評，一邊大聲唸給身旁的人聽，咯咯笑著說評論者真是太明智了。於是你大哭大叫，你的寫作者朋友們也打電話來表示同情。他們真心為你感到難過和忿忿不平，也知道你覺得自己像隻負傷的動物，狂怒的公牛；他們說了些適當的話，告訴你他們愛你，也愛你的書，他們一年前也曾有類似的遭遇。只要是寫作者，就會遇到這種事。這是事實，我就碰過。若你有機會出書，幾乎可以肯定你也會遇到。

寫作最好的回報是「寫作」本身，「全心投入」才是意義所在

出書這件事，其實代表一個社群對你的肯定，證明你寫得不錯。你獲得一個永遠不會喪失的地位，也就是說，你如今已是一個出過書的作家，你靠如此難得的身分謀生，從事你最熱愛的工作。這點的確能帶給你平靜的愉悅感。

但最後你還是得像其他作家一樣，再次坐在書桌前，面對紙上的一片空白。

你會滿懷信心和衝勁開始寫第二或第三本書。雖然你已經出過書了，但你仍會寫出錯誤的開頭並感到恐懼，因為你又得再次證明自己的能力。人們可能會發現你只是曇花一現，不過是靠著新手的好運。然而，如今我已經明瞭，**要減輕所有的擔憂恐懼，必須靠努力不停地寫，而且別太常停下來讚賞自己以及你已出版的書**。也許你沒過多久便會發現自己正在準備、或已實際著手寫下一本書，並再次發現真正的回報其實是寫作本身，你完成作品的當天就是幸福的一日，而全心的投入正是意義所在。

「她哪時候才要講到出書的喜悅啊？」後排的學生哀叫道。我真的還沒講嗎？我肯定打算要說，坐在書桌前寫作的每一刻，跟我所能想像到的一切同樣美妙。但對我來說，山姆、我的教會、我的好朋友和家人才能讓我感到喜悅，而且通常身在戶外比坐在書桌前還更常感到喜悅。我內心的一部分很不想承認，我喜歡當一個出過書的作家，那簡直是美夢成真。不想承認的理由首先是因為現實狀況其實複雜得多，其次，我不希望讓尚未出書的寫作者兩手一攤地說：「你看，沒錯吧？這證明我是對的：出書是很大的獎賞。」

身為寫作者，身為一個大多數日子都能寫出東西、也出過書並受到相當肯定的人，能帶給你極大的滿足，這是事實。我隨時隨地懷抱著如此感覺，每天不時碰觸一下，以確定滿足感還在。即使我寫作的大部分時間都感到壓力沉重、心灰意冷，但我暗自懷抱著小小的成就感，就像在心臟旁裝了一個能量電池，緩緩釋出撫慰，傳送到我的全身。但你得為此付出不小的代價。

關於這點，沒有人比一位傑出的小說家講得更透徹的了。我有次在一個談話節目上聽到他表示：「你想知道我為了當作家付出多大代價？好，我來告訴你。我經常搭飛機，而且總是坐在事業有成的生意人旁。對方忙著處理文件或打電腦好一陣子，才注意到我，於是隨口問我從事什麼行業。我回答，我是個作家。接著總是一陣可怕的沉默。然後他熱切地問，『你寫過什麼書，可能是我聽說過的嗎？』**這**就是我為當作家付出的代價。」

我個人則在某次跟山姆在購物商場遊街時體驗到類似的狀況。由於我剛出版的新書受到極大矚目，因此我即將在舊金山赫斯特戲院（Herbst Theater）舉辦的一場盛會登台亮相。我決定為這個場合買一件新禮服，於是我和山姆走進一家服裝店隨意看看。店主走過來招呼我，「你有特別想找什麼款式嗎？」

我回答：「嗯，我將要出席一個特殊場合，想找件禮服。」

她說：「是晚宴嗎？」

我回答：「不是，我其實是要登台。」

她問：「你是歌手嗎？」我感覺腦中的叢林戰鼓開始咚咚響，警告我別多說，別給自己找麻煩。但我已經開始習慣受到注意，於是我清清喉嚨，踮了一下腳尖說：「不是，我是個作家。」

她說：「噢，哇！我**什麼都讀**。告訴我你的大名。」

我知道我有麻煩了，而且是大麻煩，但我的自我變得跟億萬富翁洛克斐勒（Nelson Rockefeller）一樣大，兩種感覺混雜在一起。我的理智也明瞭此刻要打住已經太遲了。於是我說：「不，你不可能聽過我的名字，這會讓我感覺很糟。」

她依然堅持。「說真的，」她說，「我**什麼都讀**。」我的內心一方面相信自己很有名，只要我一說出名字，她的反應會有如歌星保羅．麥卡尼（Paul McCartney）親臨她的店。理智的一部分則明白我肯定下場悽慘。此時我開始祈禱，只不過我是向她祈禱：拜託，請別要我說出名字。我露出佯裝正經的微笑，彷佛我們剛說笑完畢，此刻我該去找山姆了；他正躲在一排洋裝底下，發出很大的噪音。

「貝絲（Beth），貝絲，」店主突然大喊。「快過來！」一名年輕女子從後面的房間走出來，臉上帶著期待的表情。「貝絲，」店主說，「我是不是任何書都看？告訴她！」貝絲說，沒錯，沒錯，是真的，她**什麼都讀**。接著店主和善地看著我，並說：「好啦，說嘛，你的大名是？」

我嘆口氣，微笑，最後決定鬆口，「安·拉莫特。」她熱切地盯著我。整間店安靜無聲，只除了山姆在架子下發出的噪音。然後她噘起嘴，慢慢搖著頭。「沒聽過，」她說，「我想我沒聽過。」

這件事花了我一個多星期加上一大堆廉價巧克力才恢復。但接著我又記起，**當眾人在你頭上撒玫瑰花瓣，令你的自尊滿足喜悅之時，要小心，總會有香蕉皮突然出現在你腳下**。你要確定你沒有把那些世俗之事看得太認真，不會因而導致你大啖垃圾食物。

如果你想出書，你應該先提升自我實力，並問問自己到底夠不夠格？

據我所知，出書和心理健康的關聯可用電影《癲瘋總動員》（Cool Runnings）[2]中的一句台詞概括。這部電影是關於牙買加的首支雪橇隊，他們的教練是一個四百磅重的胖男人，二十年前曾贏得奧運雪橇項目金牌，從此便一蹶不振。雪橇隊員們很想贏得奧運獎牌，就如我班上一半的人都很想獲得出書的機會。但教練說：「**如果你不夠格去爭奪奧運金牌，你就不夠格得到它。**」也許你可以把這句話貼在書桌前的牆上。

每當我獲得成就，或眾人會視為成就的好結果，香蕉皮就會出現。上帝很喜歡惡作劇。例如上星期，我參加了為某個全國性慈善組織在舊金山舉辦的一場光彩奪目的藝文聚會。我等了好多年，每年眼睜睜看著六位作家受邀出席，也渴望自己成為當中的一位。對於這件事，我曾試著看開，我真的曾嘗試這麼做。我了解主辦單位必須邀請全國知名的大作家，以盡可能吸引最多群眾；這很有道理。但年復一年，我總為了未受邀參加而感到沮喪。終於，今年主辦單位詢問我能否參加，我雀躍無比。但如今我沒那麼傻了；我知道這對我的自尊來說，是一大盤上好的古柯鹼。我知道這是另一樣世俗物質。但我的心依然像

2　1993 年迪士尼影業推出的電影，講述牙買加運動選手班克被看好能參加奧運短跑比賽，但在選拔賽時落選。為了參加奧運，他決定報名冬季奧運的雪橇項目。這個決定在四季如夏的牙買加受到眾人的譏笑，但他和隊友仍義無反顧，並在奧運比賽中以黑馬之姿通過次次考驗，然而他們破舊的雪橇卻在最後一場比賽中毀損，於是他們拉起雪橇，在眾人敬佩的注目下走向終點，完成賽程。

快飛上天似的。

不過，有一個小小的問題。我是到最後一刻才被徵詢並答應出席的作家，因此我的名字沒有列在三個月前發出的新聞稿中。公關主任在我答應出席後又發出第二份新聞稿。但報紙早在幾星期前便登出最初那份冠蓋雲集的名單，而我的名字沒有包括在內。我感到忿忿不平，因為那是報紙最重要的一欄。不過我夠成熟，也夠堅強，足以面對這類失望。之後書籍推介版登出一段那場聚會的相關消息，我又被漏掉了。這次公關主任打電話來，苦惱又滿懷歉意，令我感覺好過些。後來報紙社交版也以大篇幅刊載聚會的消息，你猜怎麼著？感覺就像重回到學校七年級的日子。公關主任再次打電話來，聽起來非常苦惱，讓我覺得她其實可能一邊跟我講電話，一邊往自己的嘴裡灌通樂。我突然很想哭，難以控制情緒，感到不被重視，根本無法再談下去。幾小時後，我想到，若我本來就不夠格受邀參加這場盛會，那麼就算真的參加了，也不能讓我變得夠格。想要夠格，應該是設法自我提升才對。

在我苦苦想出這個結論約一小時後，我不禁張大了嘴；我竟然忘掉那是一場慈善聚會！我之前居然把它當成展示我自己的星光大道。

真好笑，我竟會如此。我終於露出笑容，也想起有次在收音機裡聽到拉姆・達斯（Ram Dass）[3]談及大人物主義（sombodyism）——大多數人從小受到的教育是希望我們長大後功成名就，若真的依循這種想法，到最後只是徒勞一場。因為你後來也許比別人成功，但總是會有其他很多人比你更成功。你只會把自己逼瘋。

還有一件關於出書的事：那本促使我得買件新洋裝出席盛會的書，推出後相當暢銷。但我發現自己被眾人的矚目嚇呆了，感到不知所措，每隔幾天便需要一套新的因應對策，否則就會縮回自己的小角落。我的內心變得騷亂不寧，彷彿我在一個充斥噪音、閃光和垃圾食物的遊樂場遊太久；我渴望平靜，平靜和安寧，卻又不想離開。我就像《小木偶》（*Pinocchio*）故事裡的壞小孩，在歡樂國流連忘返，最後變成驢子。我明白自己的靈魂病了，亟需心靈上的建議，也知道那個建議不可以太過世故。於是我去找我兒子幼稚園裡的牧師。

牧師看起來年約十五歲。我們談了一會兒；結果發現他只是看起來年輕而已。我告訴他，我定不下心、情緒起伏、精神無法集中、退縮、迷惘，同時又試圖尋找某種捉摸不到的安寧感。「這個世界無法給予我們安寧，」他說，「也無法給予我們平靜。我們只能在自己的內心找到它。」

3　1931～，本名理查・艾柏特（Richard Alpert），美國著名的靈修導師，曾任哈佛大學教授，1960 年代至印度旅行期間深受啟發，回到美國後大力鼓吹心靈覺醒與成長，著作包括《活在當下》（*Be Here Now*），（歲月的禮物》（*Sti11 Here*）等。

「我恨這點。」我說。

「我了解。但好消息是，同樣的，這世界也無法奪走它。」

第五部

最後一堂課

The Last Class

現在，課堂只剩下一點時間，
安・拉莫特想在最後提醒寫作者一些事情，
包括：每天都規律地寫作、
不要害怕用文字處理自己的創傷……等等，
並在最末針對「究竟為何要寫作」，
給出極為感動人心的答案！

結語——

讓寫作成為你一生的歸屬

我有好多事想在最後一堂課對學生說，好多事想提醒他們。我告訴他們無數次，寫你的童年往事，寫你一生之中觀察力最敏銳、感受最深、對這個世界最興趣盎然的階段。透過挖掘並了解你的童年往事，能讓你學會將心比心，而這種領悟與諒解將幫助你學會寫出深刻、有智慧和富情感的文字。

寫作牽涉到感知。當你的感知變得更敏銳，並以單純、深入、實事求是的態度寫作，將能啟發你的讀者。他或她會從你的文字和你刻畫的景象中認知自己的生活和真相，進而減輕我們全都強烈感受到的可怕孤寂。

不妨嘗試直截了當地將情緒訴諸文字，不要太過隱約和間接。別畏懼自己的過去或你選擇的題材。你要怕的應該是浪費太多時間擔心自己的外表和別人對你的看法，以及沒寫出任何東西。

如果你擁有某種真實的體驗或感受，我們很可能會認為它很有意思，說不定它也能引起所有人的共鳴，因此你應該大膽將真實的情緒當成作品的重心。直接寫出對人事物最深層的感受，面對脆弱的部分。別怕會太多愁善感，你該擔心的是文字顯得漫不經心和虛情假意。別怕別人會不欣賞，只管照你所了解的如實寫出來。若你是一個寫作者，你便有這個道德義務。這是一種驚人之舉——畢竟真相總是具有翻天覆地的影響。

不要害怕處理你的創傷，讓痛苦化作永恆、美麗的文字

伊森．坎寧堅持主張，絕不要為了洩憤而寫。我則告訴學生，只要他們長於描寫這類主題，倒不妨一直為洩憤而寫。若曾有人跟他們作對，惡劣地對待他們，我會大力鼓勵他們寫出來。我有兩個不同期的學生，他們決定描寫小時候父母常從後院挑順手的樹枝當藤條、三不五時用來處罰他們的往事。我告訴他們，不妨運用這些往事；它們是屬於你們的。你們不應該受到如此對待。就我個人而言，寫下這類往事的原因，部分是為了弄清楚它究竟有什麼道理，部分是出於洩憤。而這種做法，我告訴學生們，或許正好可以帶到誹謗的問題。

誹謗是以書寫或印刷出來的文字損壞他人名譽的行為，它是指故意用惡毒的言語談論他人，因而導致被談論的對象受到誤解和傷害。換句話說，假設你的前夫在工作和個人方面有奇特的癖好或習性，剛好他的客戶和朋友也知道，若他們能從你作品的描述中認出這個人，那麼你可能就應該大幅更改細節。若他常把腳趾甲留很長的習慣眾所皆知，不妨將它改成鼻毛。若他習慣染黑髮，不妨改成他會擦粉底，可能還上點腮紅。不過，若他在你面前表現出自戀又有反社會的傾向，不妨試著針對這種性格加以描寫，並運用他說過的話，只要人們不會從你的描述認出這個人即可。更動會令人特別聯想到他的內容，刪掉關於他有偷竊癖的文字，刪掉他實際開哪種車，以及他對抽菸的人厭惡到甚至在菸灰缸裡種了一棵小樹的描述。假裝你是他的第一任老婆或女朋友，而非第三任妻子，也別提到他討人厭的小孩，尤其是那對紅髮雙胞胎。若經過你仔細的掩飾和更動，讓人們無法從他的個人特徵或工作習慣認出他，你便能將他用在作品中。我能給你最好的建議是，不妨把他的生殖器寫得很小，這樣他比較不可能出面告你。

我知道這讓我聽起來有些像怨婦。

我有一位學生的母親在他小時候經常用廚房的爐火燙他，做為體罰。「運用它。」我告訴他。

「可是她老了。」他說，「她一直過得很不快樂。」

我告訴他，我感到心痛。不妨更改她在你童年時的外表和年齡。如果你是獨生子，就改成有五個兄弟姊妹。若你家有三個小孩，就將敘事者寫成獨生子。把她寫成單親媽媽。從別的地方，例如另一篇故事，取一個糟糕的父親角色來用。如果沒有這類角色，就自己創造一個。

那傢伙寫了好幾篇關於他童年的美妙故事，故事中的母親外表一點也不像他媽。故事裡的那位母親有一頭金髮和暖棕色的雙眼，在連鎖超市工作——當兒子不乖時，會把他的手抓住，放在爐火上。有次他一唸完自己的作品，全班立刻響起如雷掌聲。

我的一位朋友不久前愛上一位非天主教的牧師，剛開始他似乎非常博學多聞、超然脫俗、溫柔親切，後來才發現，就老實不客氣地說吧，他根本是個既矮小又霸道惡毒的混蛋。她不知道是否可以拿他當成作品的角色之一。

「噢」，我對她說，「妳一定要。」

「我是否得把他寫成高個子，這樣他才不會告我？」

「不用，不用，」我回答。不妨將他寫成一個無知卻喜歡舞文弄墨的人，而非心理學家。給他一段過去，兩個太太，以及好幾個多年沒見面的兒女。把他寫成一個相貌平平、有菸癮的無神論者。

再替他加上跟鳥巢中的鳥蛋一樣小的生殖器，這樣他絕不會出面。

也許這並非洩憤，只是藉此說出真正發生的事實經過。或許這也跟嘗試在痛苦當中尋找意義有關。任何理由都無妨。莎朗·歐茲（Sharon Olds）[1] 有一首詩，題為〈我回到一九三七年五月〉（*I Go Back to May 1937*），我總會將它傳給每一班學生看：

我看見他們站在大學正門，
我看見父親漫步穿過紅砂岩拱門，
紅磚在他腦後如閃著血色微光的彎板，
我看見母親夾著幾本書，
站在小磚疊砌的柱前，

1　1942～，美國詩人，作品多以她的家庭生活，尤其是家庭暴力和家人之間的隔閡為題材。著作包括《撒旦如是說》（*Satan Says*）、《父親》（*The Father*）等。

身後的鐵欄門敞開，
在五月的空氣中，
如劍的欄尖烏黑，
他們即將畢業，他們即將結婚，
他們還是孩子，他們很愚蠢，
他們只知道自己還純真，絕不會傷害任何人。
我想過去告訴他們，
停，別這麼做——他和她毫不匹配，
你們將會做出超乎你們想像的舉動，
你們將會對孩子做出槽糕的事，
你們將遭受前所未聞的折磨，
你們將痛不欲生。
在五月底的陽光下，我想過去告訴他們，
她渴切又一無所知的漂亮臉蛋轉向我，
她美麗單薄的處子之身，
他驕傲又一無所知的俊秀臉龐轉向我，
他提拔單薄的處子之身，
但我沒有說。

我想活在世上。我將他們像紙娃娃般拿起
讓他們的下半身互相撞擊，
彷彿他們是將打出火花的燧石，我說
去做你們想做的事吧，而我將訴說。

就我所知，若你寫一本講述你個人婚姻的小說，而你的另一半是公眾人物——例如從政者或心理醫生——你在書中透露了這個人真的很勁爆的內幕，可能全是實情，包括他會穿著女傭制服跟你做愛、拿髮油助興的可怕之舉，你出版商的律師就會來拜訪你，而且非常焦慮不快。問題出在若你的另一半能說服陪審團相信他遭到毀謗，出版社將會因誹謗罪賠上數百萬美金。最妥當的解決之道是不只盡可能掩飾和更動愈多個人特徵愈好，還要添枝加葉，使其成為綜合他人特徵的虛構人物。然後再給他一個超小的生殖器和反猶太傾向，我想這樣應該就沒問題了。

當你覺得要動筆寫作很艱難又孤獨，別為自己難過。你似乎**很渴望**寫作，不妨就去寫。你不見得一定要參加寫作班。我不會追著你，把你拖來課堂。你有幸身為渴望用文字堆砌沙堡的那群人之一，創造出一個能讓你的想像力盡情漫遊的世界。我們用回憶構築這個天地；想像和往事是我們塑造沙堡的材料。

我們一方面相信，當海浪來襲，我們不會真的失去什麼，因為它只是存在沙裡的一個象徵。我們另一方面又認為自己將會想出辦法將海水引導到別的地方。藝術家和一般人差別便在於此：我們擁有一個深植內心的信念，即只要我們的沙堡構築得夠堅固，也許海水就無法將它們沖走。我覺得當這種人很棒。

每天都要規律地寫，讓寫作成爲你一輩子的歸屬

現在課堂只剩下一點時間，感覺很像夏令營結束前的半小時，你跟所有同伴在停車場等著把行李放上巴士。

我想我已經將自己所知關於寫作的每件事告訴學生了，包括短文、拙劣的初稿、一英寸照片大的篇幅、拍立得相片、犯錯、夥伴等。很多學生當初帶著自己寫過最好的十頁作品，滿懷著獲報刊採用的期盼來我的課堂上課，如今卻懷疑如此期盼是否只是白日夢。我不這麼認為。他們大多數人的作品或許無法得到大型報刊雜誌的青睞，也不會成為暢銷作家和上電視脫口秀節目，不會成為脫口秀名主持人大衛．賴特曼（David Letterman）的好朋友或跟明星莎朗．史東（Sharon Stone）約會，不會因寫作而發大財、買豪宅、養名犬、上高級餐館。

這些是他們許多人夢寐以求的。他們不相信若這些夢想成真，最後可能會比現在還有更多心理問題、壓力更大、更沒信心。反正他們很多人並不會夢想成真。

但我仍認為他們應該寫下自己內心擁有的一切，如果可能，**每天都寫，而且持續一輩子。**

然而，每當我如此建議他們全心投入寫作、為創作付出所有，因為從中將能找到慰藉、方向、真相、智慧，和驕傲時，一開始他們總會帶著強烈的不滿望著我，你可能會以為我剛才說的是要他們加入我的刺繡社。他們的內心懷有憤怒不滿，而這正是促使他們寫作的原因。

所以且讓我再進一步說明。我們當中的很多人——有些人的作品曾獲刊登或出版，有些人則沒有——認為這種充滿閱讀、寫作和魚雁往返的文學生涯很愜意。我們認為這種生活幾乎可以說太理想了。一位在十八歲時從基督教改信詩藝的朋友表示，這種生活能鼓舞性靈，令智力更機敏，也帶來挑戰、喜悅、痛苦和許諾。我們將寫作視為職業，而它帶來財富和朝氣的可能性大約跟當神父一樣。身為寫作者，經過多年便會擁有滋養和刺激心靈的無數體驗。這些體驗會安靜地深藏內心，但旁邊可不會伴隨著雷霆閃電或戰慄的天使。我的耶穌會同性戀神父朋友湯姆告訴我，他向來渴望獲得性靈的體驗，但每當喝了酒，他便特別想去教堂，看看聖母瑪麗亞的雕像是否會對他招手。有時受酒精影響的他的確看到了——她只是很快揮了揮便回座。但等到清醒，在他的胸口，他的肺，他的內心感受到一股強烈的抒解後，便能體認自己得到了一種千真萬確的體驗。這種大為抒解的感受正是我的學生，尤其是那些加入寫作社的人告訴過我的。諷刺的是，**你得透過要求自己每天規律寫作，才能獲得內心的紓解。**

成為寫作者也能徹底改變你的閱讀方式，讓你在更深入品味並全神貫注於閱讀的同時，也明瞭到寫作有多艱辛，尤其要讓它看似輕而易舉有多困難。你開始從寫作者的角度閱讀，你關注的焦點也和過去截然不同。你會研究別的作者如何運用新奇、大膽、獨創的方式描寫事物，留意作者如何在不提供大量相關細節的情況下，具體呈現一個迷人的角色或時代。一旦你領悟到箇中巧妙，你可能會將書放下一會兒，在腦海中細細咀嚼、品味。

在我寫作時，總會有些時刻讓我想到，若有人知道我當下的感覺，恐怕會把我處以火刑，好得到一模一樣的暢快、滿足和狂喜。當然，我為這些時刻付出了極高的代價，遭受無數的苦惱挫折、自我厭惡和單調乏味的窘境，但在我寫完當天的分量，我便有東西可以拿出來示人。當古埃及人的金字塔完工，金字塔就是他們建成的。或許他們是好榜樣：他們認為自己是為神建造金字塔，因此懷抱著對神的敬畏，一心一意地工作。（還有，我的朋友卡本特告訴我，他們會整天喝酒，而且每幾個小時便停下來休息，幫同伴塗油。我相信我其他的作家朋友也如此，但他們不讓我參一腳。）

我們所處的社會似乎正步向滅亡，或已經滅亡了。我並非刻意要語驚四座，但黑暗面顯然正在浮現。在中古世紀，情況不會像現在那麼怪異、嚇人。但無論社會形勢如何，藝術家的傳統仍會延續下去。這則是寫作的另一個理由：人們需要我們，為他們忠實反映彼此的樣貌——寫作者不會說出：「看看自己，你們這些笨蛋！」而會說：「這正是我們的模樣。」

在這個陰暗、受創的社會，寫作可以帶給你快樂，這種快樂類似啄木鳥在樹上啄出作為鳥巢的洞後表明，「這就是我的安身之處，我生活的地方，我的歸屬。」這個安身之處或許狹小黑暗，但最後你終將明白自己在做什麼。經過三十年或更久的跌跌撞撞和失敗挫折，你終究會明瞭並認真面對一個事實，即你免不了要處理一直以來逃避的創傷。這勢必非常痛苦。它使得很多怕痛而不願去面對的人寫沒多久便放棄。這些人是為了得到名聲和金錢才寫作。因此他們不是早早放棄，就是寫出來的作品無關痛癢、華而不實。

別低估在寫作的領域尋找到歸屬的正面效應：你如果將你所了解及曾親身體驗的事實，透過腦中那些盼望你為他們發聲的人物或題材，以獨創的手法說出來，你將會私下感到自豪。寫作者屬於輝煌傳統的一部分，就如音樂家般，是最後一批提倡平等並向所有人開放的群體。無論是否真能得到名聲和財富，全心投入寫作都會幫助你往前邁進一大步，不再像以前一樣對外界漠不關心、不願付出、沉溺在過往挫折的悔恨中。

即使只有你的寫作社成員讀你的回憶錄、短篇故事或小說，即使你只是寫下自己的故事，寫下自己過去的所見所聞，好讓兒女有天知道你的童年生活以及你知道鎮上每隻狗的名字的往事——依然是一種高貴之舉，因為你好不容易排除萬難，將它訴諸紙上，使得它不會被遺忘。況且，說不定哪天你所寫下的內容會對其他人有幫助，也可能正好是解答的一小部分。你甚至毋須知道它會以哪種方式或基於什麼理由派上用場，但是，若你盡可能清晰、坦誠的寫下來，並盡可能的去理解與表達，文字本身便會像在紙上發光的小燈塔。它們並不會轉動著搜尋迷途的船隻，而是在原地閃耀著。

最後一問：究竟爲何要寫作？

——爲了心靈、爲了減輕孤獨

你只要一個字一個字地將你想到的寫下，靈感便會來敲門。你可以像個工匠，也可以像個藝術家般砌著磚牆。你可以將寫作當成例行工作，也可以將它當成一件樂事。你的寫作過程可以像在十三歲時被叫去洗碗般不情不願，也可以像表演日本茶道般細心專注，讓自己完全沉浸其中，同時找到自我。

有時，無論情況看起來有多糟，我都會感覺我們全像在參加一場婚禮。但你不能只是站出來說，我們正在參加婚禮！來吃點蛋糕吧！你必須創造一個能讓我們進入的世界，一個能讓我們感覺婚禮歷歷在目的天地。以前有幅漫畫，圖中的一隻老狗背靠著坐在沙漠中的一株仙人掌下，寫信給他的兄弟，信上寫著，「晚上，太陽下山，星星出現；到了早晨，太陽再度升起。住在沙漠真令人興奮。」這就是婚禮，不是嗎？你需要自我約束、信任和勇氣，才能參與其中，因為若你希望感知變得敏銳、希望當個寫作者，絕對必須自問，就如我朋友戴爾（Dale）所言：「我要自己的腦子多活躍清醒？」

除了當瘋子或寫信給編輯的人之外，身為藝術家最棒的事，是你致力於一